河出文庫

グローバライズ

GLOBARISE

木下古栗

目次

天然温泉　やすらぎの里　7
理系の女　19
フランス人　39
反戦の日　55
苦情　73
犯罪捜査　87
道　111
若い力　121
専門性　133
観光　147
絆　165
globarise　203

グローバライズ　GLOBARISE

天然温泉　やすらぎの里

「天然温泉　やすらぎの里」

曇り硝子の引き戸を後ろ手に閉めた時、傍らの壁にそう刻まれたプレートがあった。

山田洋介はタオル片手にひんやり濡れた床をぺたぺたと歩き、同じ足音を立てる皆川俊太郎の後に続いて、がらんとした洗い場に入っていった。

「誰もいないな」と皆川は無人の湯船まで見渡して呟き、少し驚いたような表情のまま、ちらりと後ろを振り返った。

「見事なまでにガラガラですね」と山田もぐるりと室内を見回しながら言った。「いくら平日の午前中とはいえ……」

「貸し切り同然だな、これは」と皆川は声をかるく弾ませ、壁に沿って並ぶ風呂椅子のひとつに尻を据えると、さっそくレバー式のシャワーの湯を出して浴び始めた。生温かい湯煙が立ちのぼり、正面の鏡を薄白く曇らせた。

山田はその場に佇んで束の間、奥のガラス越しに見える白々とした自然光に満ちた露天を眺めていたが、足もとに撥ね散る飛沫に我に返り、皆川の隣に腰を下ろした。

　鏡に映る眠たげな眼差しの青年と目を合わせてから、山田もシャワーの湯を勢いよく出して、うつむいた頭から浴びせかけた。温かな流れが枝分かれしながら、逞しい裸体の肌を伝い落ちていった。

「シャンプーはしなくていいか、夜に洗ったし」と皆川はぽつりと言って、伸ばした手をボディシャンプーの容器の方へ移した。「こういう所のって質も悪いし」

「そうですね」と相槌を打った途端、山田はあんぐりと口を開けて長々と欠伸をすると、潤んだ目をしばたたかせながら、おもむろに湯船の方を見やった。「それにしても、勤務明けに銭湯っていうのも何か癒やされますね」

「だろ？　うちの嫁さんなんか最近じゃ明けに銭湯入るのが夜勤の醍醐味だって言ってる。疲れてるからこそ、極楽だって」

「看護師さんも大変ですもんね」

「うん」

「そう言えば、僕のいとこが外回りの営業してるんですけど、時々こういう所でサボるって前に言ってました。しかも同業他社の営業の人と落ち合って一緒にサボったこともあるって」

「へえ、楽しそうだな」と皆川は微笑んで横目に見やり、山田の肩先をかるく小突いた。「だからまあ、これぞ裸の付き合いってやつだ」

平穏な雰囲気の中、二人の声がよく響き、そのたび長閑な余韻を漂わせた。向こうの湯船にはとめどなく温泉が注がれて、そのさざめきが身も心もほぐすような背景の音響となっていた。

「うちの嫁さんはもともと温泉が好きでさ」と皆川は体を洗い始めながら話を続けた。

「この前も看護学校時代の仲間二人と一緒に信州の方の混浴に行ったりとか」

「混浴……」

「うん、そこは水着着用とかじゃない全裸の混浴だったらしいんだけど、男が一人だけ、顔が真っ赤の猿そっくりの白髪のお爺さんがいて、それが岩風呂の縁に腰掛けて思いっきり勃起してて、女三人で爆笑したって言ってたな、如意棒だって」

山田は小さく笑った。

「もっと若い頃は夜勤明けに空港に直行して、一人でハワイとか行ったこともあったらしい、夏休みに」

「すごい体力と行動力ですね」と言って山田は背中をごしごし洗い始めた。「僕も学生時代は車中泊してあちこち山登ったり、長い休みになるたびにバックパック背負って海外行ったりしてたんですけどね……」

「ああ、どこだかのユースホステルでアルジェリア人の男に誘惑されたんだろ？」と皆川は含み笑いを浮かべると、ふと隣をじっと見やり、ぬめり気を帯びた手を伸ばして山田の二の腕をひょいと揉んだ。「お前なかなか、いい体してるもんな」

「やめてくださいよ」と山田は苦笑して身をよじり引いた。

「何だ、お前、敏感だな」と皆川はからかうように言ったのも束の間、もう片方の手で自分の首筋を揉みながら、うっすらと顔をしかめて鼻から溜息をついた。「まあでも、この仕事だと遠くの海外は難しいよな、新婚旅行でもないと」

「最近じゃ休みの日も寝るか救急の勉強してるかで、すっかり無精な人間になっちゃいましたよ……あとは男とオバさんしかいないジムに行くくらいで、本当にストイックっていうか……」

「火遊びなんてする余裕なしか。お前は消防吏員の鑑だな」

「まあ、やっと念願の仕事に就けたんだから文句はないですけどね」

山田は不意に目つきを鋭くして精悍な面構えをみせた。

「でも真面目な話、寿命が縮むって言われるほどの仕事だから、たまには思いっきり羽を伸ばして息抜きするのも大事だぞ。といっても痴漢とか淫行とか、ニュースになるようなやつは駄目だけどさ」

「ああ、つい最近も大阪の方でありましたよね。下半身露出の疑い、消防士長を逮捕って」

「見せた相手が非番の女性警官だったっていうオチでな……」

二人は微妙な表情で口をつぐみ、しばらく黙々と体を洗っていた。隣り合う逞しい体軀が揃って白い泡にまみれていき、それがゆっくりと滑り落ち、足もとに溜まって床をぬめらせた。肌をこする音と向こうに注がれる湯のさざめきが、がらんとした中の沈黙の間を持たせていた。

やがて安っぽい香料の匂う泡をすっかり洗い流すと、ゆすいだタオルをきつく絞り、皆川と山田は揃って腰を上げた。サウナ室の扉とその傍らの水風呂を横目に、またぺたぺたと足音を立てて歩き、ボタン式のジェットバス、ごく普通の白湯と掛け流しの天然温泉の間を通って、引き戸を開けて露天に出た。途端にひんやりとした空気が冴え広がり、二人は眉の上がったすっきりとした顔つきになった。

人気のない露天には三つの湯船、涼むためのベンチ、奥にはそこだけ屋根の設けられた寝椅子の並びも見えた。左右の壁沿いには竹垣があり、所々に観葉植物も飾られて、足の踏み場は灰褐色ばかりの風景に控えめな彩りを添えていた。

頭上の薄曇りの空を山田がちらと見上げた時、皆川は先に立って左手前の湯船に入っていき、山田もその後に続いた。ほんのり黒ずんだ源泉の湯はとろみがあり、胸まで浸かってたおやかな波紋を広げながら、頭は涼やかな空気に包まれた。

山田はゆるく吐息をつき、左手首のロッカーキーのゴムバンドをはめ直すと、気持ちよさそうに微笑んで周囲を見渡した。「本当に貸し切り状態ですね……」

「ああ、ついてるな」と頷いて皆川も気持ちよさそうに目を細めた。「暇なご老人とかがいてもよさそうなのに」

「最寄り駅からちょっと遠いからですかね、駐車場に送迎バスみたいなのが停まってましたけど」と山田は近い方の壁の向こうへ視線を馳せるようにして、それからまた曇り空の高みを見上げた。「やっぱり露天風呂っていいもんですね……」

「うん、うちの嫁さんが言ってたんだけどさ」と皆川は縁に置いたタオルを畳み直すと、それを枕にして頭を預け、両脚をゆらりと前に伸ばしながら、寛いだ表情で瞼を下ろした。「こうして浸かりながら目を閉じてると、ぶっ続けで働いて興奮した頭と疲れきった体、眠気と朝風呂の気持ちよさがひとつに溶け合って露天に広がっていって、時を忘れるって……」

それきり黙り込んでうっとりとしている皆川を横目に見て、山田も縁に置いたタオルを丁寧に長方形に折り畳み、それに頭をのせて目を閉じた。

ときおり芯から蕩けるような吐息が漏れた。わずかに手足を動かして湯面に波の立つ音もした。天井のない広がりに柔い風がそよ吹き、露天の場がひとつの物静かな音響となって、湯船に浸かる二人を安らかに寛がせていた。緩やかな時間が流れていった。

突然、引き戸の開け閉めの音がしたが、それはやや隔たって聞こえた。

皆川は目を開けて頭を起こすと、閉じられたままの近くの引き戸を見やり、それから注意深そうに耳をそばだてた。すると遠い方の壁の向こう側から、女たちの話し声が小さく不明瞭に響いてきた。皆川はなおも耳を澄ましながら、瞼を閉じている山田の頬をそっと叩いた。山田はとろんとした目つきで皆川を見た。

「何ですか?」

「あっちは女湯みたいだぞ」と皆川は声をひそめがちに親指で示した。「入ってくる音がした。話し声も」

山田も頭を起こしてそちらへ視線をやり、二人揃って黙って耳をそばだてるうちに、また小さく女たちの話し声が響いた。そびえ立つ壁に遮られて不明瞭ながら、若々しく高い声だった。湯を撥ねかけるような音、少しはしゃぐような艶めいた声もした。

「入り口が隣でしたからね」と山田はおもむろにうつ伏せに返ると、両脚をゆらりと伸ばしながら、縁に両小手を重ねて置き、その上に顎をのせて呟いた。「きっと向こうもガラガラなんでしょうね……」

「どうせならあんな壁、取っ払ってくれれば混浴を楽しめるのにな」

「そうですね」

皆川は壁の上方へ楽しげな視線を投げ、また縁にもたれようとしたが、不意に眉根を寄せて頭を左右に倒すと、険しい顔でしきりに首筋を揉み始めた。それから内湯の方を振り返り、タオルを手に取って立ち上がった。

「何か仮眠中に寝違えたのかこの辺が凝った感じがするから、ジェットバスでほぐしてくるわ」

「僕は……もうちょっと露天にいます」と山田は目をとろりとさせながら欠伸交じりに言った。「うとうとしてきちゃって……」

「のぼせるなよ」

見下ろす視線で釘を刺すと、皆川は身にまとった湯をびちゃびちゃ滴り落としながら上がって、濡れた足音で遠ざかり、火照った顔で見送る山田を尻目に、引き戸を開けて室内へ戻った。

まっすぐジェットバスに入り、浴槽を一人用ずつ仕切る銀色の手すりに畳んだタオルを掛けると、傍らのボタンを押した。たちまち湯が勢いよく湧きたぎり、激しく立ち騒いだ。皆川は強力な噴流の中に身を沈めていき、おおと感じ入るような声を漏らした。

向こうの露天は自然光に白く明るみ、湯煙にうっすら霞んでいた。そのガラス越しの景色の中、山田が引き締まった尻を見せて立ち上がり、湯船からも上がって、タオルで股間を隠すようにしながら、斜め奥の方へ歩いていった。山田はじっと睨むように室内の方を振り返った。

皆川は顎が浸かるまで沈み込み、真後ろの噴流をちょうど首筋にあてながら、ゆるく目をつむっていた。ゆったりと長い吐息をついた。そのまま身じろぎもせず浸かるうちに、額にはじんわり汗が浮かび、それがたらたらと顔面を流れ落ちていった。

五分後に自動停止して湯が静まると、皆川はふうと溜息をつき、目を開けて立ち上がった。細かい泡沫が立ち消え、湯面に平穏が戻っていった。皆川は銀色の手すりに掛けておいたタオルを取ると、ジェットバスから上がり、ガラス越しに自然光の差し込んでくる露天へ向かって、少し眩しげに目を細めながら、ぺたぺたと歩いていった。

音を立てて勢いよく引き戸を開けた。

「おい山田、そろそろサウナにでも入らないか？」

広々とした露天に向かって呼びかけたが、人影も反応もなく、皆川は怪訝そうに湯船から湯船へ目をきょろつかせ、数歩前に出て立ち止まった。奥の屋根の下まで見渡してから、左右に視線を走らせると、右斜め隅に設けられた壁際の植え込みの、土台部分を囲む灰色の岩々の陰から、床に落ちたタオルがはみ出しているのが見えた。

にわかに真顔になり、皆川が早歩きで近寄っていった時、壁の向こうから湯船から上がる派手な水音が立て続けに聞こえ、裸体にまとわりつく湯を滴らせながら、遠ざかっていく女たちの艶っぽい話し声がした。それは微妙に聞き取れなかった。

ほどなく引き戸を開け閉めする音がして声は途切れた。ふと佇んでいた皆川は我に返り、急いでタオルの落ちている物陰を覗き込んだ。するとロッカーキーのゴムバンドも落ちていた。

山田の姿はなかった。

拾い上げてキーに記されたロッカー番号を見ると「19」だった。すぐさま自分の手首の番号を確かめると「20」だった。皆川は隣り合う番号のゴムバンドを手にしたまま、その場に立ち尽くしてしきりに辺りを見回した。

「おい、山田、どこに行ったんだ？　おい！」

薄曇りの空の下、声を張り上げて呼びかける皆川の足もとに、白く不透明に濁ったゼリー状の何かが、激しく躍動的に飛び散っていた。

理系の女

「さっきも言ったけど、うちは職種別採用なんですね。それで技術系は大まかに言って開発と製造、あとはプラントの、生産設備の設計管理があって、女性はほとんど開発なんですけど、私の場合は製造部門で入って、ものづくりの現場の工場でいきなり全然年配、それこそ自分の父親と同年代とかのオペレーター、職人さんたちに生産の指示を出す立場になって、研究開発の成果の、新しい製品を実際に大きなスケールで量産するにあたって、生産効率の向上とか、品質の安定、不良品の割合を減らす、そういう製造のマネジメント、生産工程の改良とか生産の技術的な問題への取り組みを四年やってから、さっき話したような技術営業の仕事に移ったんです」

山峰芳子は柔らかな微笑みを湛えながら、整然とした手振りを小気味よく交えて話し続けた。

「もし開発なら研究所で素材開発とか、あとは化学品の製品開発をしたり、それでそっちの研究開発職からたとえば特許関連、知的財産の方に行ったたっていう人もいます。

ちなみに基本的に、新入社員は事務系でも最初は半年から一年、工場で実習するっていうのはみんな同じ」

スーツ姿の進藤愛子はぴんと背筋を伸ばして相手を見つめながら、神妙な表情でよく頷き、ときおり下目遣いに素早くメモを取った。話に合わせて頷くたび、頭の後ろでくるりと弧を描く髪の尾の先っぽがうなじをくすぐった。

「だから日比野さんからのメールでは、理系としての素養を活かした技術系の仕事に就きたい一方で、海外も含めて広く色々な人と接する仕事にも興味がある、ということで今日、その両方を一応経験として持っている私がお話させていただいてるんだけど、その経験や、あと周りを見てもね、技術系から事務系っていうのはあっても、その逆はまったくとは言い切れないかもしれないけど、ほとんどありえない。だからもし、広く外と関わる仕事がしたい、世界を相手にしたいとか海外勤務をしてみたいとか、そういう気持ちも持ってらっしゃるなら、なおのこと最初は技術屋として経験を積んで、そうすればそれが軸に、強みになってその後、たとえば私みたいにマーケティングとかね、専門的、技術的な知識を持ってお客さんに提案したり要望を聞いたり、そのニーズを開発の方に伝えたり実際に口を出したり、そういう技術屋事務屋両方に跨がって活躍できる素地になる。うちの場合だと転属希望を自分で登録しておいたり、新しい人材が欲しい部署がそれを社内公募したり、部門を超えて本人のやりたいことに挑戦できる機会を提供する制度もあるから。だから他の会社についても、そういう点は特に気にしてみた方がいいかもしれない」

進藤は頷きながらメモ帳に細かくペンを走らせ、山峰はそれを眺めながら長い黒髪を耳にかけ、腕時計をちらと見て、グラスの水を飲んだ。耳たぶのイヤリングが天井照明の放射にきらりと光り、首もとを上品に飾るネックレスの、小さなしずく型のマイクロパヴェダイヤと輝き合った。

「尊敬する先輩で技術系から人事に移った女性もいて、昔は人事っていうと事務屋さんのやる仕事だったけど、今はたとえば社員の専門分野や能力をデータベースに登録して、コンピューターで適性がぽんと出てくる、そういうシステムを構築したり。新しいプロジェクトの人選、こういう仕事をする上でこういう専門性を培った人が欲しいって時に、そういう適性を持った人材が、国内海外あちこちの工場、研究所、グループ会社全部含めて、どこにいるか、どれくらいいるか。あとは技術的な観点からも現状を見て将来を見越して、どういう分野の人材が足りないか、どういう人材の育成が必要か。人事の仕事っていっても単に事務系じゃなくて、技術系のバックボーンを持ってやってる。だからそれも今さっきの話に繋がって、技術系の知識経験を積んだ上で事務系の仕事もしてみたいっていう形なら、すごく色々なことに挑戦できる可能性が広がると思うのね」

なるほどとばかりに進藤はしきりに頷き、山峰はにこりと微笑んで辺りを見渡した。

窓のない地下の店内は落ち着いた琥珀色の照明に満ち、頭上から流れるジャズをBGMに遠近に会話がざわめいていたが、テーブルとテーブルの間はゆとりがあり、背の高い観葉植物や磨り硝子のはめ込まれた衝立で仕切られていた。傍らの通路の向こうには珈琲豆などの物販品を陳列する棚を挟んで短い階段が見え、ひとつ高い床に別の禁煙席が並び、盆に飲み物をのせた制服姿の店員がそちらへ上っていった。

「飲み物、飲んで」と山峰は柔和な表情のまま手のひらで促した。その白い顎には黒一点のほくろが映えていた。「ごめんなさいね、いくら時間があんまりないからって、矢継ぎ早に喋ってばかりで飲む暇もなくて」

いえいえと進藤は小刻みに首を振り、ちょこんと肩をすくめながらストローを咥え、長い睫毛を伏せてアイスティーを飲んだ。

「今は……三年生でしたっけ？　まだ学部生でしたよね？」

「学部の、二年です」

「まだ二年生……でももう就職のことを考えて、こうして色々な会社の人に会って話を聞いてらっしゃるんですか？」

山峰は少し目を大きくしながら、深紅に色づいたハーブティーを口にした。

「いえ、日比野さんの娘さんがたまたま、同じ高校のクラブの後輩で、その縁で先月末に夏休みで帰国されてる時にお目にかかって。それでその時に伺った法人営業、海外営業のお話もお人柄も魅力的で、そういうお仕事も面白そうだなって言ったら、じゃあ理系の女性で、技術営業をしてる人を紹介できるよって」

「そう、娘さんが……」と呟くように言って山峰は麻の襟なしジャケットの右袖を引っ張り上げ、微笑んでまたハーブティーを飲んだ。「院には行くつもりですか?」

「はい、今のところは……」

「これはうちの会社の場合ですけど、たとえば来年、技術系で入社する予定の内定者だと九十パーセントが大学院卒、修士ね、それで残りが学部卒とドクター。ここ数年でみても女性はほとんど院卒……学部卒はあんまりいなくて、職種で言うと特に研究開発をやりたいっていう人は男女問わず院卒。それはやっぱり専門性をみて採るから。だけどものを作る現場、製造で生産を指導する人は学部卒でも構わない。学校の勉強専攻はあんまり気にしなくて、それよりも人間性、チャレンジ精神とか、元気、度胸、実行力、こういうのが大事で」

テーブルの上の携帯端末が振動した。

「ちょっとごめんなさい」

山峰は携帯端末を手に腰を上げ、通路に出て半ば背を向けると、大ぶりの葉の茂った観葉植物に身を寄せながら、声をひそめ気味に通話を始めた。口もとを片手で覆ってほどなく何度か頷くと、通話を切るなりそそくさと戻ってきて、浅く椅子に腰掛け、にわかに済まなそうに胸の前でかるく両手を合わせた。

「最初にもお伝えしたんですけど、この後すぐ別の予定があって、実はその相手ともここで待ち合わせしてて、それで今もう、下りてくるらしいの。ちょっと早く着いちゃったみたいで」

「あ、はい」

進藤は戸惑い交じりに頷き、短い階段の方をちらりと眺めやった。

「急にごめんなさいね。私と同い年の、学生時代からの女友達で、別に緊張するようなあれじゃないから」

「いえ、こちらこそお忙しいところ、お休みのところ……」

進藤が肩をすくめて頭を下げかけた時、奥のひとつ高い床の右手から、靴音を響かせてすらりとしたジャケット姿の女が現れた。山峰がそちらへ目を向けると、ぱっと表情を輝かせて手を振り、栗色のボブの頭髪を揺らしてやって来て、さっと腰を上げて出迎えた山峰の胸先に、大判の茶封筒を差し出した。

「これ」

「ああ、ありがとう」

受け取った山峰はその場で顔を寄せ、何事か小声で囁きながらちらちらと後ろを振り向き、女友達もちらと進藤の方を見やった。「あ、さっき話してた学生さんね」と山峰の脇を通り抜けると、つかつかとテーブルの前に進み出てにこやかに会釈した。「こんにちは、三浦と申します」

「こんにちは、進藤と申します」と進藤も慌てて立ち上がって一礼した。

三浦はテーブルの片隅に置かれた山峰の名刺を一瞥すると、鞄から名刺入れを取り出して、自分の一枚を差し出した。「もし製薬会社なんかにも興味があったら……」

「ありがとうございます」

進藤はぺこりと頭を下げて両手で受け取り、その名刺を見つめた。

「私と同じ理工学部だったの。ただこの人は大学三年から編入してきたんだけど」と山峰が横から口を添え、手のひらで二人に着席を促した。「まあ座って」

四人掛けのテーブルの片側の奥に三浦が座り、その隣に山峰が座って、編み込み意匠の革鞄から取り出した大きな手提げを広げ、それに茶封筒を差し入れてから、手荷物をまとめて腰の後ろに置いて座り直した。進藤はその向かいに腰掛けた。

「ゆっくり飲む時間もないけど」と山峰はメニューを開きながら三浦に話しかけ、ふと斜め下の胸もとへ覗き込むような視線をやった。「ちょっと胸開きすぎじゃない？」

「そう？」と三浦はうつむき、ジャケットを羽織った下に着たカットソーの、深めの襟ぐりをつまんだ。「でもフォーマルな集まりじゃないから」

山峰はメニューを隣にずらして正面を見た。「私たち二人とも、海外からの留学生を支援したりする団体の手伝いも時々してて、今日はこのあとそれ関連の集まりがあって」

「よかったら一緒に来ます？」と三浦は眉を上げて進藤を見つめたかと思うと、奥の通路を通りかかった店員に向かって手を挙げた。「すみません、カプチーノください」

進藤は黙ったまま目をぱちくりさせて山峰を見た。

「外国人だらけの送別会よ、それにほら、スーツ姿だし……」と山峰は隣の袖をちょいと引っ張って囁きかけ、安心させるように進藤に目配せした。

「そうね」と三浦は小さく頷くと、神妙な顔をして、両の手のひらで出過ぎた自分を押し止めるような仕草をみせた。「私は大人しくしてるから、話の続きをどうぞ」

「じゃあ、それで……」と山峰は口調をあらためて、にっこりと微笑みかけた。「本当に時間が足りなくて申し訳ないんですけど、他に何か、これだけは聞いておきたいってことがあれば是非」

「ええと……」と進藤はしばらく伏し目がちに瞬きをして、それから視線を上げた。「あの、せっかく女性で活躍されてる方にじかにお目にかかれたので、さっき技術系の女性はほとんど院卒っていうようなお話もありましたけど、そういう、御社の女性の雇用方針というか、あとは入った後の働きやすさとか……」

「ええとね、まず採用に関して言うと、ポリシーとして採用の二十パーセントは女性。これは最低二十パーセントっていうことで実際はもっと多くて、会社の方も女性比率を高めようとしてるんです。ちなみにこれは総合職の話で、補佐的な仕事、一般職で入る女性は昔は正社員だったんですけど、今はもう全部派遣社員。ただ派遣から正社員になる人もいるにはいます。それで総合職の女性はもう仕事に関しては男性との区別はまったくなし。もちろんこの職種は女性はほとんどいないとか、そういうのはありますけど、実際に任された仕事の上で、女性だからどうこうっていうのは基本的にありません。女性で管理職になってる方も」と話しながら山峰はカプチーノを運んできた店員をちらと見た。「正直男性よりはまだまだ少ないですけど、普通にいます」

三浦は黙ってカプチーノを飲み始めた。

「それで産休育休は法定どおり取れます。私はまだ子供はいなくて、夫もずっと関西に単身赴任しててほとんど独身みたいなものですけど、周りを見ても普通に取って復帰しています。たしか復職率は九十五パーセント以上。あんまり積極的には活用されてない、取るのはまだたぶん年に数人くらいしかいないと思いますけど、男性の育休もあります。あとは時短勤務が最長でお子さんが小学校の三年まで。それと会社が契約した託児所があったり、いったん辞めた女性の再雇用制度があったり、そういう方面には間違いなく手厚い方だと思います。周囲の理解もあって、たとえば復職してしばらくはちょっと軽めの仕事で、っていうだけじゃなくて、本人が結構すぐ、出産前と同じように働きたいって言い出して、むしろ周りが大丈夫って心配するくらいで、でもそれを応援して」

テーブルの上の携帯端末が振動した。

「ちょっとごめんなさい」

山峰は携帯端末を引っつかんで腰を上げ、通路に出るなり背を向けて英語でぺらぺら応答すると、そこで通話口を手で押さえ、振り返りざま首を差し伸べて三浦に目配せした。「エリックさんから」

そうとばかりに三浦は頷いた。

「地下だからかさっきの時も通話が聞こえにくくて、ちょっと上に出て喋ってくる。この人も結構なやり手だから、何か聞きたいことがあったら聞いてみたりしてね」

進藤にも目配せして歩き出すと、また通話しながら遠ざかり、奥の短い階段を上り、ちらと振り返って済まなそうに目礼してから、右に折れて地上に出る階段の方へ見えなくなった。

見送っていた二人は互いに顔を戻した。見つめ合いながら沈黙が漂った。

「途中でお邪魔しちゃって」と三浦はしとやかに頭を垂れた。

「いえ、もう伺いたいことは大体、伺えたので……」と進藤もぺこりと頭を垂れ返した。

「あの人は喋るのが早いでしょう？　せっかちだから」

「そう、ですね……でも、とても端的に要点を絞って話してくださって、本当に聡明というか、頭の切れる方なんだなって……今も流暢な英語で話されてたり……素敵なキャリアウーマンっていう感じで、同じ理系の女として憧れちゃいます」

「でも英語は私の方が上手いのよ、帰国子女だから」と言って三浦は頬杖をつき、ふっと笑みをこぼした。「何だか張り合ってるみたいね」

進藤もくすっと笑った。

「彼女も学生時代の学部と院の時に一度ずつ、アメリカとフランスに短期の留学をしてて、ここだけの話、あの人は目が切れ長の和風顔で髪も黒くて長くしてるから、特に欧米の人から見るとエキゾチックっていうか、結構、言い寄られたりするの。それをあしらってるうちに英語が喋れるようになったんじゃないかって私は睨んでるんだけど」

進藤は微妙に半笑いを浮かべかけて、反応に困った様子で黙り込んだ。三浦は涼しい顔でカップの液面に視線を落としながら、ゆっくりとカプチーノを飲んだ。

「……ちょっとお手洗いに」

「あ、はい」

三浦は膝にのせていた小ぶりの鞄を手に腰を上げると、通路に出て通りがかりの店員に場所を訊き、奥の短い階段を上り、地上に出る階段と同じ方へ歩いていった。

進藤はその姿を見送ると、隣の椅子に置いた鞄から携帯端末を取り出した。片手でそれを操作しながら、もう片方の手でアイスティーを持ち上げてストローを咥え、膝下丈のスカートから伸びる脚を無造作に組んだ。上げた膝ががつんと天板の裏にぶつかりカップや受け皿の振動が鳴って、進藤はとっさに携帯端末を持ったままの手で揺れを押さえ、奥のひとつ高い床の方をちらりと窺った。

ばさっと斜め前の床に何かが落ちる音がした。

脇に傾いて見下ろすと、向かいの椅子から大きな手提げが落ちて、その中から茶封筒がはみ出していた。

慌てて通路に飛び出して、腰を屈めてそれをつかんだ時、手書きのアルファベットが目についた。進藤はそのましゃがみ込み、手提げから茶封筒をもう少し引き出してみた。

「R.I.P. ALEX」という走り書きがあった。

進藤は携帯端末をジャケットのポケットに入れて、茶封筒を完全に取り出した。糊付けされていない口折りが半開きになっていた。進藤はそこをめくり上げ、中身を半ば引き出してみた。

目を丸くしていったん押し込み、二人が姿を消した方を見やると、進藤はとっさにテーブルの下にもぐり、すぐ戻せるよう手提げを椅子に置きその口を自分の方に向けてから、茶封筒の中身をすっかり取り出した。透明のファイルフォルダに挟まれてA4サイズの、何枚かの写真が入っていた。一番上の写真には首から上を切断された血まみれの男の死体が写っていた。進藤はファイルフォルダから写真の重なりを引き抜き、二人が離れている方をちらちら窺いながら、手早く一枚ずつめくっては下に送っていった。血まみれの頭のない死体はジーンズだけを身につけて横たわり、様々な角度から撮影されていた。長身で肌は白く、胸毛がうねるように密生していた。

八枚目には切断された頭部が立てられた状態で大写しに撮られていた。

黒茶の乱れた巻き毛の頭髪の下に、濃く凛々しい眉と深い眼窩に閉じられた瞼、その睫毛は美しく長く、あちこちに血痕の付着した顔面の真ん中には高く英雄的な鼻梁が聳え、上唇の薄い口はうっすら開かれて、そのまわりには無精髭が顎まで生えていた。最後の九枚目はほとんど同じ大写しの顔だったが、瞑った片目の下にちょうど、小さなしずく型のマイクロパヴェダイヤがあてがわれて光輝を放ち、それを吊り下げるネックレスの両端を細い指がつまんでいた。その白人の頭部に斜め上から頬を寄せるようにして、微笑んだ唇とその下のほくろ、ほっそりとした白い顎が写り込んでいた。

はっと顔を上げて進藤はまた階段の方をちらと見やると、ポケットから慌ただしくつかみ出した携帯端末を構え、もう片方の手で九枚目の写真を椅子と椅子の間の明るみに差し出しながら、親指の連打で撮影した。急いで順番を元通りにして、ファイルフォルダに収めて茶封筒に戻すと、その口折りをきちんと伏せ、大きな手提げの中に差し入れて、すっと格好よく背もたれに立てかけた。

進藤はテーブルの下から出て自分の席に戻り、携帯端末を鞄にしまって、膝に両手をつき背筋を伸ばした。震えがちな息を吐き、前髪や上着を整え、唇の合わせ目を舌先でしきりに舐めた。

ほどなく奥のひとつ高い床に、山峰と三浦が並んで現れた。二人は大人しく座っている進藤の姿を認めると、にっこり微笑んで目礼して、颯爽と歩いて戻ってきた。

「ごめんなさい、また中座しちゃって。いま八月だから留学を終えて帰国する人もいて、ほら、海外の大学は秋から新年度が始まったりするでしょう？　だからこのあとその送別会なんですけど、それに参加する、入れ替わりに来日してまだ間もない一人が迷っちゃったみたいで」

「迎えに行かないとね」と三浦は合いの手を入れて腰を下ろした。

「ああ、じゃあもう」と進藤は腰を浮かせかけた。

「ううん、そんなに急がないでもいいの、私たちが向かう途中で拾えるから」と山峰は手で制した。「居る場所は分かったから待機してもらってて」

「いえ、もう十分にお話は伺ったので、どうぞお迎えに行ってあげてください」

不安定に声が上ずった進藤を少し不思議そうに二人は見つめて、それから互いに目を見交わした。

「そう、それならお言葉に甘えて」と山峰は通路に立ったまま頷いた。「駅まで一緒に歩きます？　その間も少しなら質問に答えられるから」

進藤は首を小刻みに横に振って、ペンとメモ帳に触れてみせた。「私はもうちょっとだけここに残って、伺ったお話をきちんと整理しておこうと」

「何か顔色が悪い気がするけど、大丈夫？」と三浦は眉根を寄せて進藤を見つめた。

「えっ、そうですか」と進藤は頬に手をあてた。「ちょっと冷房の中にいて冷えちゃったからかも……」

「それなら温かい飲み物でも追加で頼んでおく？　遠慮しないで」

「ええと、じゃあお言葉に甘えて……これと同じ、ハーブティーを……」

「じゃあ私がそれもレジで頼んで、まとめてお会計してくる」と三浦が二枚の伝票を摘まみ取って立ち上がった。

「すみません、ありがとうございます」

「このハーブティー、ハイビスカスが入ってるからちょっと酸っぱいですよ」と山峰は深紅を滲ませる茶葉の残ったポットに視線を注ぎ、両手の指の関節をぽきぽき鳴らすと、腕時計をちらと確かめた。「最後にうちの会社云々じゃなくて、もっと広いアドバイスとしてね、最初からあんまり興味の対象を絞らないで、色々な人の話を聞いて、そのつど自分でも色々調べてみること。それと理系の人はどうしても自分の専門の範囲に深まって視野が狭くなりがちだから、もう今から、朝刊だけでいいから日本経済新聞を読む習慣をつけるといいですよ。毎日読んでるうちに目についた会社や業界の、新製品、技術動向、業績、株価、こういうのが段々、相互に関連して見えてくるようになるから」

進藤は神妙に頷きながら、まじまじと傍らに立つ女の白い顎に映えるほくろを見やり、首もとに煌めくマイクロパヴェダイヤを凝視した。

「あとは最後はやっぱり価値観。自分の価値観をしっかり持って、たとえばお金になれば何でもいいのか、それよりも自分のやること作るものに熱意や誠実さを持っていたいのか、そういう自分の価値観を大事にできる道を選んだ方がいいと思います。それはもちろん周りの人との関わり合いの中でこそあるものだから、自分とよく向き合うと同時に、会う人会う人をよく見てね」

三浦が靴音を響かせて戻ってきて、山峰と進藤はそちらへ顔を向けた。

「ハーブティーはその赤いやつでよかったのよね?」

「はい、ありがとうございます」

「じゃあ行く？」と三浦は手に提げていた鞄を肩にかけた。

山峰は頷いて椅子の荷物を手に取り、さっと起立した進藤と向かい合った。

「もし何か、他に聞きそびれたことでもあったら何でも気軽にメールしてくれて構わないですからね」

「はい、本日は本当にどうもありがとうございました」と進藤は腰を折って深々と頭を下げ、そうしながら面前の、茶封筒の入った大きな手提げをじろりと上目遣いに盗み見た。「大変勉強になりました」

「いえいえ」

山峰はにっこり微笑んで頭を下げ、出入口の方へ歩き出したかと思うと、半身に振り返ってまた会釈した。三浦も微笑んで小さく手を振った。

「それじゃあ失礼しますね」

「どうもありがとうございました」

女二人は短い階段を上り、談笑しながら右に折れて見えなくなった。

ふうと息を吐いて進藤は席につき、鞄から携帯端末を取り出すと、手慣れた操作で撮影した切断頭部写真を画面に映し出した。連写した分を次々に見ていき、最も鮮明に撮れたやつの細部を拡大しながら、顔を近づけて目を凝らした。

「失礼いたします、先ほどお連れ様にお代を頂戴した赤のハーブティーです」

進藤はとっさに画面を胸に伏せ、こっくりと頷くように頭を下げた。

「お済みになったものはお下げしてよろしいですか?」

進藤はまたこっくりと頷き、店員は手際よくカップやグラスを盆に回収した。一礼して去っていく制服姿を注意深く見送り、新たに置かれたポットから深紅のハーブティーをカップに注ぎ入れると、進藤はその湯気と香りを鼻先に嗅ぎ、温かい酸っぱみを口にしてちょっと顔をしかめながら、検索窓に「頭部切断　やり方」と速やかに入力した。

フランス人

「最近小耳に挟んだのはたしか千葉か埼玉の方で、ヤクザみたいな人たちが浮浪者集めて生活保護受けさせて、それをもともと家賃が格安のボロアパートに二万くらい上乗せしてどんどん入れるっていう。お前、暇だったら空き部屋に住んでくれないかって」と斉藤旭は苦笑交じりに顔をしかめた。「人間なら誰でも雨風しのげる家がないとって慈善っぽく見せて、あくどいというか」

「へえ、よくやるねえ、そんなこと」

「でもまあ、タコ部屋に突っ込むとかしなければ、結果的には良いことしてるって言えなくもないですよね。もしかしたら浮浪者の中には野外で完全に生き生きしてて、むしろそんなの檻に入れられるようなもんだっていう本物の自由人もいるかもしれないですけど」

「でもあなたも目が細くてガタイがいいから、にこにこ笑ってる限りはいいけど、ふと真顔になると堅気の人じゃないような鋭さが現れることがあるよ、それこそヤクザみたいな」

「社長、ひどいこと言いますね……まあ確かに若い頃は多少悪さしましたし、お前は人相が悪いって親にも言われてましたけどね。誰の遺伝だよっていう。でもこの仕事のおかげか今じゃ笑顔が癖になって、この前も年配のお客さんに、人のいいお相撲さんみたいねって言われましたよ。まあそれだって、相撲取りみたいに太ってねえだろうって内心ムッとしましたけど」

「あなたは相撲取りっていうより空手とか柔道の選手の体つきに近いよね。ただ顔がふっくらしてるから」

　ポロシャツ姿の初老の社長は伏し目に微笑んで、コーヒーカップを口に運んだ。恰幅のいい上半身に白い半袖シャツを着た斉藤は水滴の結露したグラスを持ち、ストローでアイスコーヒーを吸い飲みながら、もう片方の手で天然パーマの短髪を撫で上げた。

「しかしこの蒸し暑さ、いつまで続くのかね」と社長はガラス張りの向こうへ視線をやった。店の前の通りは賑わいがあり、街路樹に彩られた両側の歩道をひっきりなしに薄着の人々が歩いていた。

「来週から少し落ち着くらしいですよ、それも一時的みたいですけど」と筋肉のついた二の腕をさすりながら、斉藤も通りの方を振り返った。「夕方なのに全然明るいですね、まだまだ夏で……」

　社長はちらと腕時計を見た。「あなたは今日はこの後、会社に戻るの？」

「いや、今日はもう、直帰って書いてありますから」と斉藤は宙に書き込む仕草をすると、力なく苦笑いを浮かべながら、太い首の後ろにその手を回した。「というか、もう会社なんて辞めたいんですよ」

　社長は黙ってコーヒーカップを口に運びながら、唇の片端でにやりと笑った。

「でも前の会社の同僚で仲介で独立して今は転売もやってる人がいるんですけど、その話とかを漏れ聞くと、やっぱりよくできるなって思っちゃうんですよね。会社の金なら例えば百万損したとしても何にも思わないですけど、自分の金で百万損するっていうのは考えただけでもキツいなって。だから会社にいながらこれはっていう本当に良い物件はこっそり自分で転売しちゃうっていう、それがいいかなって」と斉藤は冗談口調で笑った。「まあそもそもそんな資金は手持ちにないんですけど」

「私なんかは小さいとこで場数を踏んで、大手にちょいと腰掛けてから独立したけどね。あなたの会社もそうだろうけど、中小で社長とかと顔突き合わせてやってると、どうしても互いに情みたいなものがあるでしょう？　そこで独立すると裏切ったみたいで後味がよくないし、向こうも色々と教えてやったのにとか……まあ、今はもう時代が違うのかもしれないけど」

「そうですね、両方経験しておくと違うって言いますしね」

「うん」と社長はまた腕時計を見ながら生返事を返して、革のクラッチバッグを小脇に抱え込み、よいしょと腰を上げた。「まあ、お互い頑張りましょう」

「あ、行きますか」

「今日はこの後、娘が孫を連れて来るもんでね、そろそろ」

「社長、もうお孫さんがいるんですか」と斉藤は驚いてみせながら携帯を胸ポケットに差し込み、床に立てていたビジネスバッグを手に腰を上げ、それを椅子の座面に置いた。「お幾つでしたっけ?」

「まだ一歳になったばっかり」

「いえ、社長の……」

「ああ、私? 私はええと」と社長は口ごもって指折り数えた。「六十二かな、再来月で六十三」

「若いお祖父ちゃんですね……いやでも、そんなでもないか」

斉藤は相手方の飲み物の食器を自分のトレイに置き、それを空になったもう一枚のトレイに重ねた。

「あなたはこの後は?」

「いや、盆休み返上でずっと働き詰めだったせいか、何日か前から何か首がおかしくて、ちょっとこの後、近くで鍼治療の予約してるんですよ。肩と腰もちょっとあれなんですよね……」

「へえ、私はそういうの経験ないけど、効くの？」

「いや、半年くらい前に生まれて初めて、僕も半信半疑で行ってみたら結構楽になって、それ以来たまのリフレッシュみたいな感じで……本当はフランス人みたいに優雅にバカンスでも取りたいところなんですけどね……」と斉藤は苦笑交じりに言って、慎重に二枚重ねのトレイを持ち上げた。「ちょっとこれ、片付けてきます」

「ああ、ありがとう」

斉藤はそろそろと他の客の座る席の間を通って、食器の微振動する音を立てながら、二枚重ねのトレイを右手奥の返却口に持っていった。そこに慎重に置くうちに、先客の残した丸めた紙ナプキンが床に落ち、それを拾おうとしゃがみ込んだ。ついでに靴紐をしっかりと手間をかけて結び直した。それから紙ナプキンを返却口に戻して、ちらりと背後の席を見やり、すたすたと社長の方へ歩いてきた。

「社長、あれ、同業者ですよ。たぶん大手だと思いますけど」と戻ってくるなり斉藤は囁いた。「あそこの、こっちに背を向けてる髪の長い女と向かい合って話してる男」

「あの、ちょっとインドの俳優みたいな感じの？」と社長も小声で応じた。

二人の視線を集めた返却口のすぐ近くの席に、腕まくりしたワイシャツ姿の若い男が目の輝いた笑顔で座り、その手前側に肩があらわに出た服を着た女の、すっとした背つきと真っ直ぐな髪を垂らす小さな後頭部が見えた。男は整った濃い顔立ちで、生き生きした手振りを交えて何事かを語り、女はほっそりとした肩を微かに揺らして、楽しげな笑い声を響かせていた。

「今ボーッとした頭であっちに行ったらたまたま、表参道のどこそこの、二十八億の物件が決まりそうなんだよって聞こえてきて」

「二十八億？」

「ええ、それでとっさに靴紐直すふりして背後に聞き耳立てたら、これ決まったら俺一年間休めるくらいだよ、両手仲介だから五十六億、一発で売り上げ五千万だからって。しかも何か、法人向けの収益部隊が別にいるんだけど、自分はそこじゃなくて高価格帯のマンションとか売ってる方に所属してるから、そこでもうダントツだよって、我が世の春みたいな笑いをくつくつくつくつ漏らしながら」

「店舗ビルか何か？」

「ですかね、詳しくは分からないですけど」

「へえ、景気がいいね」と社長は目を細めて眺めやった。

「女も、顔見たらそれこそAV女優みたいでしたけど、じゃあハワイでも行こうよ、ファーストクラスでとか言っちゃって」

二人は束の間、黙り込んで返却口近くの席を眺めた。

「行きましょう」と社長はやがて斉藤の二の腕を叩き、出入り口へ歩き出した。

「あ、はい」と斉藤もビジネスバッグを持って後に続いた。

自動ドアの前で斉藤はつと立ち止まり、背後を指し示しながら、ぺこぺこして照れ笑いを浮かべた。

「社長、すみません、僕ちょっとトイレに行き忘れて」

「ああじゃあ、もうここで」

「はい、失礼します」

「じゃあ、これからも持ちつ持たれつ……」

「はい、今後ともよろしくお願いいたします」

斉藤はぺこりと頭を下げ、社長も会釈して片手を挙げると、外に出てすぐ左に折れた。見送った斉藤はビジネスバッグ片手に右手奥の、突き当たりのトイレへ向かっていった。返却口の前を通りながら、横目にじろりと潑剌とした笑顔の男を見やった。にこやかに向かい合う女は短いスカートを穿き、その裾から生白い太腿が覗いていた。男はちらりと斉藤を見返した。

「ったく、何が二十八億だよ」

後ろ手に木目調の扉を閉めるなり、斉藤は舌打ち交じりに吐き捨てた。施錠して便器の奥の台にビジネスバッグを置き、白く輝く便蓋と便座を上げ、ファスナーを開けてむんずと仮性包茎のペニスを引きずり出すと、物凄い勢いで温かい尿を噴出した。じょぼじょぼと泡立つ水面をよそに、首をゆっくりと回したり左右に倒したりした。やがて尿が途切れて小刻みに腰を震わせ、斉藤はちらと下を見てペニスを収めると、今度は首を後ろにぐっと倒しながら、取っ手をつまんでファスナーを引き上げた。

「うあっ……」

斉藤は突然顔を歪めて呻き、体を折って内股になりながら、両手をやったままの股間を覗き込んだ。包皮が金具に挟まっていた。

「畜生……何だよこれ……」

目頭がきつく角張り眉間に激しい皺が寄り、口を半開きに吐息をわななかせながら、斉藤は股間に付きっきりの右手をほんの少しばかり、下に動かした。

「くあっ……」

小鼻の脇に鋭い皺が走り、目をぎゅっと苦しげに瞑って、縦に大きく開いた口が無音の咆哮を発していた。斉藤は険しい表情で股間にうつむき、額にじっとりと脂汗を滲ませてしばらくの間、まじまじと患部を凝視した。やがてゆっくりと大きく深呼吸をすると、いまいちど右の手先でぐっと、ファスナーの取っ手を下に引っ張った。

「ふあっ……」

にわかに気絶しかけたような顔になり、下顎が微かに震え、だらしなく開いた口から、はっはっはっはっと急き切った呼吸がしきりに繰り返された。そのうちにひと筋のよだれが垂れて、我に返って拭うと、額からも冷や汗が垂れてきた。

「畜生、完全に噛み付いてやがる……」

掠れた小声で呟き、左手で額を拭って、虚ろな目つきで室内を見回した。手洗い台の上の鏡の脇に小さな装置が備え付けられていた。斉藤はやや腰を落としたまま、そちらへ内股の小刻みな歩幅で移動した。正面の鏡に老け込んだような顔が映り、瞬きをした目は涙ぐんでいた。

斉藤はひとつ溜息をつき、鏡の脇の小さな装置の下に、おもむろに左手を差し出した。たちまち装置は感知して、手のひらに石鹸の泡を少量吐き出した。斉藤はそれを人差し指の先につけ、そのぬめりを取っ手を避けて注意深く、患部を噛む金具に塗りつけた。

「おっ……」

眉間に皺が寄り、染みるにつれて口をすぼめて耐え、強張った肩をすくめた。その途端、斉藤は突然顔を歪めて首筋に左の手先をあてた。

「クソッ……首が攣《つ》った……」

右手を股間に、左手を首筋に添えたまま、斉藤はしばらく縮こまった姿勢でじっとしていた。憔悴しきった凄まじい形相で項垂れながら、ときおり正面の鏡を上目に睨みつけた。

　こんこんと扉を叩く音がした。

「すみません、まだですか？」と外から呼びかけられた。あの男の呑気な声だった。

「待ってるんですけど……」

　斉藤は背後を振り返り、殺伐とした目つきで睨みつけた。「死ねよ……」と声を殺して呟いた。

「すみませーん」と今度は声と一緒に扉が叩かれた。急かすように繰り返し叩かれた。

　斉藤は微かに舌打ちをして、左の手のひらを見た。石鹸が乾いて薄白い膜が張っていた。

「何か返事がない」と外で少し離れて連れに話しかける声が聞こえた。

「寝ちゃってるんじゃない？」と含み笑うような女の声もした。

　斉藤はむっとした膨れっ面で鏡越しに背後の扉を睨み、下唇を嚙み締めると、また左手を装置の下に差し出した。わずかに音がして泡が吐き出された。あらかじめ顔をしかめてから、注意深く患部に塗りつけた。うっと押し殺した呻きが漏れた。

　より強く扉が叩かれた。

「お客様、どうかなされましたか？　何かお返事くださいませ」

聞き澄ます間を置いた後、また強く扉が叩かれた。

「お客様、お返事頂けませんと何かあったか心配ですので、外から開けさせていただくことになります」

斉藤は素早く振り返り、何か言おうとして口ごもった。

「お客様！」とまた強く扉が叩かれた。

「ああはい、もうすぐ出ます！」

とっさに言い切ると斉藤は股間にうつむき、尿と芳香剤と石鹼の混合した臭いの中、ひとつ大きく深呼吸をした。それから意を決した顔つきでファスナーの取っ手をぎゅっとつまみ、太い腕を力ませて思いきり引っ張り下げた。

同時にジェローム は射精した。

あっと吐息を漏らしてひくひく腰を震わせると、相手を抱き留めていた両腕をゆるめて、温かで湿潤な女性器から粘液の糸をたらりと引きながら、べっとりと濡れた色白のペニスを引き抜いた。

ジェロームは眉根を寄せて目を細めたまま、腰の沈んだがに股で二歩三歩と後ろによろめき、青々とした草原にぺたんと尻餅をついて、そのまま大の字に寝そべった。

香ばしい陽の匂いとむせ返るような草いきれに包まれて、はあはあと胸で荒い呼吸をしながら、精根尽き果てた様子で眩しげに目を瞑り、まだひくひくと小刻みに腰を震わせていた。

遮るものひとつない真っ青な空が高く果てしなく広がり、太陽から旺盛な日射しが燦々と降り注いで、草原のベッドに横たわるジェロームに照りつけ、一面に広がる豊かな大自然の風景を輝かせていた。

メエェと短い鳴き声を上げて、雌羊の一匹が傍らで歩き出した。その後ろ足の間から、ぼたぼたと白く泡立った液が滴り落ちた。

太陽は強烈に照りつけていたが、高原の空気は澄みきって涼しく、爽やかなそよ風が吹き抜けてジェロームの肌を撫で、辺りの青草がくすぐったがるようにさわさわと揺れた。向こうにはアルプスの高峰が連なってそびえていた。

ジェロームはこの上なく気持ちよさそうな穏やかな表情になり、鼻から大きく息を吸い込んで、薄い胸板を存分に膨らませ、それからゆっくりと吐いていった。

やがて青灰の眼を大きく見ひらき、のっそりと上体を起こすと、そのまま柔軟に頭を股間に屈め、ほどほどに勃起したままのペニスの、混じり合った体液のこびりつく亀頭に威勢よくしゃぶりついた。深く咥え込みながら派手な音を立てて啜り、残らず搾り取らんばかりに、頬をきゅっと凹ませて強く吸引した。きつく窄めた口を慎重に離して、ごくりと飲み込むと、濡れた唇を指先でさっと拭った。

ジェロームは股を開いたまま両手を後ろにつき、少し背を反らせて金茶の巻き毛を風にそよがせながら、屈託のない微笑みを浮かべ、満ち足りた眼差しで青空を見上げた。ほっそりとした両脚の伸びる下半身は一糸纏わず、クリスチャン・ルブタンの踵の高い女性用の靴を履いているだけで、上半身は胸毛もない肋骨の透けた裸だった。

少し離れて草を食んでいた雌羊が戻ってきて、またメエェと鳴き、もこもこした毛に覆われた体をすり寄せてきた。

ジェロームは優しく微笑み、割れ目に手を伸ばして中指で押しなぞってやると、濡れた指先をうっとりと舐めしゃぶり、それから羊毛を揉むように撫でた。その二の腕には計四つのアクサン・テギュを冠した「自由」「平等」「友愛」の三単語がどこか誇らしげに、黒々とした文字でくっきりと彫り込まれていた。

反戦の日

正午前に駅の出口を出ると、柔らかな光の満ち渡った秋晴れの清々しい空気に迎えられた。待ち合わせる人々の佇む歩道の向こうにはロータリーが見え、さらに向こうに見えるビルの街頭ビジョンにはどこかの風景、各地の天気予報が映し出されていた。嵐山和人は頭からカウボーイハットを取り、もう片方の手でティアドロップ型のサングラスを外すと、眩しそうに目を細めながら、髭面の口もとに不敵な笑みを浮かべた。少し薄くなった髪の毛がそよ風にそよぎ、首もとに巻いた赤いペイズリー柄のバンダナの端っこも微かに揺れた。

「嵐山さん、お久しぶり！」

右斜め前から元気な声がして、歩道端の手すりの前に立っていた古手川公子が目尻に細かい皺を寄せた笑顔で手を振りながら、いそいそと近寄ってきた。嵐山はぱっと眉を上げ、畳んだサングラスを革チョッキの胸ポケットに引っかけると、にんまりと微笑んで歩み寄っていった。

「いやあ、お久しぶりです。またお綺麗になりましたね！」

「もう、お上手なんだから」

古手川は笑って嵐山の太い二の腕を叩き、それからちらりと斜め後ろを視線で示した。短髪に黒縁眼鏡、地味なジャケット姿の細野宏茂が立っていた。

「あちらが細野さん」

細野は微笑んでぺこりとお辞儀した。嵐山もにこやかに頭を下げ、シャツの片袖をまくり直しながら、古手川と並んで歩み寄っていった。

「どうもどうも、嵐山です」と嵐山は大きくて無骨な右手を差し出した。

「細野です」と細野も右手を出して握手を交わしてから、左手を内ポケットに差し入れて名刺入れを取り出した。「あのこれ、一応」

「ああ、どうも、日本式ですね」と嵐山はハットを頭にのせ、自分の名刺を取り出して交換した。「やってることがころころ変わるもんで、これは個人的な名刺なんですが」

「その格好、まるでカウボーイですね」と古手川は目を見張って嵐山の出で立ちを眺めた。

「ええ、シュラスコでランチということで、あれはガウーショ、南米のカウボーイの食べ物ですからね。本物のガウーショの民族衣装みたいな格好までいかなくてもせめて、アメリカ風のカウボーイで」と嵐山はにこにこ笑いながら言って、出っ張り気味の下っ腹を絞るベルトの、派手な金属製のバックルの位置を手で整え直した。「なかなか似合うでしょう?」

「ええ、さすがご親戚が南米で牧場を経営されてるだけあるわ。あとで一緒に写真撮らせてくださいね」

「ええ、美女と野獣で」

楽しげな二人を眺めていた細野が腰元に手をやり、斜めがけした鞄を開けて小型の一眼レフカメラを取り出した。

「今ここで一枚撮りますよ」

「あら、ありがとうございます。じゃあ嵐山さん、こっちで!」

「はいはい」と手招きされた方へ歩き出しながら、嵐山は古手川の向こうを見やった。

「おお、背景が交番ですね」

駅前交番の前に並んで立ち、嵐山は古手川の華奢な肩に手を回すと、もう片方の手でカウボーイハットのつばをくいと上げ、精悍な面構えをつくった。古手川はにこりと微笑んで身を寄り添わせた。

「ハイ、チーズ!」

細野はシャッターを切った。

「ありがとうございます」と古手川は笑顔で礼を言って細野の方へ戻りかけて、ふと思い出したように振り返った。「そうそう、夫なんですけど、ちょっと早く着きすぎたから今、連れてきた息子と一緒に東南口に行ってるんです、そっちの駅ビルに行きつけのスポーツショップが入ってるらしくて。それで嵐山さんが来たら連絡してくれってことになってるんですけど、このまま私たちの方から合流しにいくっていう形でも構いません？　五分かそこら遠回りになっちゃいますけど」

「ええ、もちろん。ただでさえ運動不足気味ですから、食前に腹を空かせないと」と嵐山は下っ腹をぽんぽん叩いた。「息子さんはお幾つでしたっけ？　今日は学校は？」

「まだ五歳で幼稚園なんです、だから今日はお休みさせて。せっかく夫も休みを取ったから」

三人は巨大な駅に沿って道なりに歩き出した。古手川は一人で後ろにつき、携帯端末を取り出して何やら操作していた。嵐山は再びサングラスをかけ、ティアドロップ型のどす黒いレンズを妖しく光らせながら、蓄えた口髭をさすり始めた。向かいから来た若い女がすれ違いざま、怯むような一瞥をくれた。

「嵐山さんは古手川さんの旦那さんともお知り合いなんですか？」と細野は隣をちらと見て訊ねた。

「ええ、もともと公子さんとは私が昔ボリビアに灌漑システムの改修プロジェクトで行った時に、公子さんもJOCV、青年海外協力隊でボリビアに派遣されてて、それで知り合ったんですね」

「ああ、それは聞きました。休みの日なんかに現地の子供たちに武道を教えたとか……」

「ええ、空手と合気道、あとは隠し味として柔道と少林寺拳法を少しまぶして。公子さんは看護師をされてましたから、ちょっとした怪我の手当なんかもお手の物ですし、部活で言ったらマネージャーみたいな役割をしてくれて。ほんの一年弱でしたけど手加減なしで厳しくしごいてやって、戦う力と武士道精神をたたき込みました。やっぱりシモン・ボリバルに由来する国名でチェ・ゲバラが戦って死んだ国ですから子供といえども打てば響くような闘争の血が流れてて、根性がねじ曲がったチンピラみたいな小僧っ子も目が燃えさかるファイティングスピリットで燦然と輝いてくるんですね。最終的にはちょっとした私設軍隊みたいな感じになりました。ぬるま湯に浸かった自衛隊の小隊くらいなら多分、素手で半殺しにできるくらいの上達ぶりで」

「そのボリビアはJICA《ジャイカ》のお仕事で？」

「ええ、昔はJICAの本部があっちの南口のマインズタワーにあったもんですから、日本にいる時はちょうどここに通勤してたんですよ。それで在りし日の飲み会の後に靖国通りで喧嘩吹っかけてきた若造二人の胸ぐらを同時につかんで怒鳴り飛ばした思い出がさっき駅出た時に急によみがえってきて」と嵐山は楽しそうに笑った。「私はもともとアルゼンチンの高校大学を出て、日本大使館に現地採用されて翻訳や通訳やったりしてたんですね。その中で国際協力の調査の仕事とかもあって、そのうちにODAの仕事を専門にするようになって。JICAの専門家や調整員として色んな中南米諸国に一年から数年単位の契約で次から次へと、自然保護から人材開発、インフラ整備、交通計画とかまで、主に無償援助の技術協力、開発プロジェクトの調査や管理に携わって。あとは独立直後の東ティモールにもちょっと、あそこはポルトガル語が公用語で私もある程度使えますから。ところがその後、パラグアイの友人のところを訪ねてる時に銃を持った路上強盗に襲われて、私も完全なプライベートで個人的に挑まれたら何のしがらみもありませんから、顔面を張り倒して鼻を潰してやってどうにか撃退したはいいが、気がつくとここの左の腿を一発撃ち抜かれてましてね、リハビリ生活で生まれて初めて車椅子に乗って、まあ良い経験でした。ちょうどその頃、外人の妻と太平洋を挟んで別居したり息子がネットビジネスで瞬間的に私より稼いだり、JICAも世相を反映して色々厳しくなってきたりして新しい挑戦がしたくなって、今度は知り合いの建設会社を通じて国内外のインフラとかの施工監理や安全管理、まあ現場監督ですね、そういう民間経由の仕事をメインにするようになって、海外だとガーナとかケニアのアフリカくんだりまで行って道を舗装したり、そうかと思うとまた南米の、ブラジルで石油プラントの建設プロジェクトに関わったり」

「本当にグローバルな人生ですね」

「ええ、そういえばＪＩＣＡといえばさっき交番がありましたけど、ああいう日本の交番システムを技術協力でブラジルに根付かせて、さらにそのブラジル経由で他の中南米諸国の治安の悪い国に広めたりしてるんですね、あとはインドネシアとか東ティモールにも日本の警察官を派遣したりして。殺人率世界最高のホンジュラスなんかもそうで、私も昔ホンジュラスに行った時はスーパーマーケットにアサルトライフルで武装した奴らが入ってきて、何人か死にましたが、動体視力がいいもんだから流れ弾がこの目にはっきりと見えました」

「へえ、やっぱり武道をやられてるから……」と細野は眉をひそめて相槌を打ってから、サングラスに隠された嵐山の目もとを見やった。「それで、古手川さんの旦那さんとは……」

「私が日本に帰った後、国際協力のボランティアをやりたくなって色々相談に乗ってもらって、夫も一緒に何度かお食事したことがあるんです」と後ろから古手川が口を挟んで、二人に片手の携帯端末を掲げてみせた。「今夫から返信が来て、広場の階段を下りた辺りで待ってるって」

細野は頷いて端に寄り、三人は駅併設のショッピングビルの軒下通路いっぱいに広がって、真ん中が少し窪んだ形で並んで歩くようになった。

「私が今、途上国の子ども支援に取り組んでるのは嵐山さんの影響もあるんですよ。還暦を越えても二十代みたいにエネルギッシュだから、私も負けてられないなって」

嵐山はいやいやと満更でもなさそうに謙遜して、それから黒光りするレンズを細野の方へ向けた。「浅野さんはどういった経緯でNGOの方に？」

「嵐山さん、浅野さんじゃなくて細野さん」

「ああ、すみません」と嵐山は無邪気に笑った。

「私は最初、日本の貿易商社に勤めて中南米の担当をしていたんです。でもそれはたまに現地に赴くくらいで、何だか面白くなくて。そうしたらある時、別の日本企業がアメリカ法人経由でメキシコに現地法人を設立して通訳を募集してるのを見つけて、そこに転職したんです。アメリカ法人経由だと色々と経費が節約できたりするんですね、メキシコの法律的に。で、そこで社長や副社長の日本人とメキシコ人従業員の間を取り持って、そうすると通訳だけじゃなくて実務全般にも関わってくるから、ゆくゆくは幹部にもなれるような待遇だったんですけど、これも何か違うなっていうのがやっぱりあって……そんな時、街を歩いてたらふと一人のストリートチルドレンと目が合ったんです」

嵐山は大きなレンズの間の眉根をうっすらと寄せて、ごく短い横断歩道を渡りながら、続きを待つように細野を見つめた。

「それで、カメラを向けたら笑ってくれて、その目が宝石みたいに輝いていたんですね……」と細野はしみじみとした口調で言って微笑みを滲ませたが、すぐに唇を噛み締めた。「その輝きが鮮烈で印象的で、なぜか忘れられなくて、すると対照的に貧困や暴力、麻薬の蔓延といったその背後の影が色濃く感じられもして、調べたりするうちに、何かできないかと……でも一方で、自分はそこに直接関わっていくタイプでもないなと思ったんです。それでむしろ後方支援というか、前線で活動するＮＧＯを支援するＮＧＯで働きたいと思って」

「嵐山さんとは逆に、民間から非営利に行かれたんですね」

「そうですね……でも、ちょっと前にメキシコのストリートチルドレンのフィールドワークをされてる方に聞いたところでは、最近はストリートチルドレンも路上で寄付を募ったりするのを自分の仕事と捉えているそうなんです。だからある意味、彼らとおんなじことをやってるんだなと」

細野は傍らに聳えるビル伝いに果てしなく広がる空を見上げ、思いを馳せるような目を眩しげに細めてから、晴れ晴れとした顔で嵐山を見つめた。

「まあそういうわけですので、国際協力関係のお知り合いをご紹介いただいたり、色々とご教示いただければ……」

「ええ」と嵐山は力強く頷いて鼻息荒く口をひらいた。「たとえばパラグアイで地域に密着して農協支援とかをしてるNGOがあって、日系人の農家が」

「嵐山さん」と古手川がにっこり微笑んで嵐山の腕を引っ張った。「詳しい話はお食事しながらゆっくりしましょうよ。ほら、広場が見えてきた」

歩道沿いの垢抜けた駅ビルと反対側の雑居ビルに挟まれた通りの先に、駅前広場の半分が見えた。次いでその駅ビルの地上玄関の、太い柱一本に支えられたくり抜かれたような形の軒下を通して、広場から駅の東南口へ上がる階段とエスカレーターも見えた。辺りの雑踏のざわめきの向こうから、拡声器越しに何かを言い立てる声もにわかに聞こえてきた。

「あ、夫と息子が」

古手川は広場中央の立木の前で手を繋いでいる親子を指さすと、さっと飛び出して向かいから来る人々を避けながら、小走りに近寄っていった。気付いた子があっと指さして夫も気付き、妻は手を振って応えた。

細野もそちらへ足を踏み出したが、嵐山は脇目も振らず、広場の片隅で無線マイク片手に声を張り上げる青年を眺めていた。足下に置かれたスピーカーから響き渡る声は上ずって震えがちで、傍らには同年代の女二人が「戦争阻止！」「国際反戦デー」と書かれたのぼりを持って控え、少し斜めに離れた所から別の青年がビデオカメラ片手にその演説ぶりを撮影していた。通行人はみな素通りだった。

「そして集団的自衛権の名の下に、今や私たちは戦争のできる国の国民になってしまいました。私は戦後という時代すら知らない世代の学生です。しかし過去に学び、歴史に学び、これからの未来を担っていく若者の一人として、平和憲法を脅かすこの状況への慣れに危機感を覚え、反戦の日である今日、皆さんにお話をさせていただいています」

「ああ、今日は反戦デーなんですね」と細野はちらりと見て言った。

嵐山はにやりと独り笑いを浮かべると、我が子を抱き上げる古手川とそちらへ向かう細野をよそに、演説中の青年のもとへ歩み寄っていった。

「第一次世界大戦がただ一件の暗殺から拡大し、各国の同盟関係の力学からグローバルな殺戮の悲劇に発展したように、言わばこうした街中での、肩がぶつかった程度の諍いが加速度的に血で血を洗う殺し合いに発展する、そしてそれに、望むと望まぬとにかかわらず巻き込まれる、そういった戦争の可能性がまさに現実として、私たちの足下に暗澹と渦巻き始めている……そんな危うい綱渡りを今、それと意識せぬままにこの国はしてしまっているのではないでしょうか。その行く手には戦前のような徴兵制度の復活、軍国主義や治安維持法の形を変えた再来、そして核武装が」

嵐山はすたすたと近づくやマイクをひったくり、驚いた学生と間近に対峙した。頭上の高架道路には車が走り、その下の工事現場と広場を画する高さ三メートルほどの鋼板の仕切りが学生のすぐ背後に連なっていた。

嵐山はさらに一歩迫り、学生は後ずさって鋼板の仕切りに背をつけた。撮影役の青年が慌てて近寄りかけたが、ちらと振り向いたサングラスに睨まれて、二人の女学生共々固まった。

嵐山は頭からカウボーイハットを取り、逆さにしたそれにマイクを入れて足下に放り置くと、眼前に立ちすくむ青年の頬を両手で挟み込み、頭突きせんばかりに顔を近づけた。

「戦争だの徴兵だの言葉面だけは威勢がいい。だが一言言わせてもらうなら、そんなひ弱な声じゃ伝わるものも伝わらんぞ。俺は長年仕事で綺麗事なんか一切通用しない血まみれの殺し合いが日常茶飯の途上国を渡り歩いてきた。こんな都心の一見綺麗な街角でも警察官やら警備員がＡＫライフルで武装して何かあればいきなり銃撃戦に突入するのがごく当たり前の環境でな。信号待ちで停車中に無理やり乗り込まれて銃突きつけられて殴られて放り出されて車ごと強奪されたり、公共交通機関のバスに強盗が押し入って乗客から有り金巻き上げてガソリン撒いて放火したり、帰ったら自宅に空き巣がいて鉄パイプで重傷負わされたり、武装集団に拉致されて身代金一億要求されたり、そこらの銀行がテロリストに爆破されたり、ちょっと田舎に出かけりゃアナコンダに丸呑みされて窒息死したり、覆面姿の山賊に襲撃されて身ぐるみ剝がされたり、麻薬組織の抗争の巻き添え食らって死体の山が出来たり、ゲリラに機関銃突きつけられたり、大事な家畜が野生のジャガーに食われたりとな。そんな3D映画より立体的で現実感ありありの凶悪事件頻発の危険の中、俺がこの左の腿に一発被弾しただけで元気に生きてこられたのは自分の身を守る術を心得てたからだ。子供の頃から格闘技で殺気を鍛え、出歩く時はマグナムで脇の下を膨らませ、自宅では子飼いの番犬に死肉を食らわせて野生の本能を目覚めさせた。もちろんベッドの下にはいつでもぶっ放せる九連発の軍用散弾銃を置いて寝る。本音じゃ殺したくなくても相手を殺す覚悟がないとこっちが殺られる。否応なしに真剣勝負の殺戮上等の野蛮社会だから身も心も道具もフル武装しないと生き抜けない。分かるか？　だがお前の演説には殺気がない。本能の叫びが感じられない。腹から声が出てない。もしお前が中南米の危険区域でそんな調子で平和ボケした戯言ほざいたら間違いなく失笑買って問答無用で蜂の巣射殺でお陀仏だろうな。いいか、言論だって飛び道具なんだ。専守防衛だか何だか知らないが、攻撃は最大の防御だ。やるなら本気でやれ。のうのうと平和を謳歌してここいらを通り過ぎる奴らを全員お前の演説で気絶させる覚悟で腹の底から声を出せ。お前ら若者たちがしっかり牙を剝いて吠えないから北海道に中学生が独立国家を作るとかいうクソ夢物語小説を平然と書いたり、憲法九条にノーベル平和賞をくれだとか言い出す脳髄がお花畑の馬鹿たれが現れるんだ。おい、俺の目を見ろ。気合いをくれてやる」

嵐山は眉をかっと跳ね上げて大きく息を吸い込むなり、勢いよく唾を飛び散らせた。

「総理大臣を殺したくなったことはないか！　警視総監を狙撃したくなったことはないか！　経団連会長の首を刎《は》ねたくなったことはないか！　霞ヶ関一帯を焼き払いたくなったことはないか！　暴力革命の準備運動はしてるか！　国家転覆の企画書は書けるか！　弾道ミサイルを跳ね返すイメージはあるか！　心の竹槍を研いでいるか！　殺し屋のメルアドを知ってるか！　食い逃げではしごできるか！　義務教育で半殺しを覚えたか！　拳で語り合える仲間はいるか！　グレネードランチャーは密輸してるか！　食費を削って銃弾を買い込んでるか！　押し入れに重火器を隠してるか！　殺傷能力のある爆弾は作れるか！　たまにはシャブでぶっ飛びたくないか！　変性意識を体験したくないか！　薬物に溺れない自信はあるか！　三時のおやつはＬＳＤか！　中国を三日で攻略できる策はあるか！　アメリカに入国できない友達は沢山いるか！　サイバーテロはお手の物か！　第一志望は軍需産業か！　夢の中で指を詰めさせたことはあるか！　肋骨を折ってやって感謝される感覚はあるか！　事故に見せかけて沈められるか！　日本刀使って自炊してるか！　真冬でもＴシャツ一枚で出歩けるか！　毎朝最高の一本糞が出せるか！　切腹不可能な腹筋の強度はあるか！　血染めの褌を

穿いているか！　いい女のトップレスを拝みたくないか！　首都高を逆走して愛人に会いに行けるか！　売春婦の心に響く説教ができるか！　薬を盛られて財布を盗られても若い女のしたことだから許せるか！　雷に撃たれても死なない気がしないか！　乱気流でわくわくしてこないか！　台風はシャドーボクシング日和か！　富士山大噴火に武者震いしてるか！　最新のガジェットが欲しくないか！　確実に値上がりする銘柄が知りたくないか！　ボーナスを暖炉の火にくべられるか！　ハイパーインフレは望むところか！　猛獣を怒鳴りつけて序列を分からせた経験はあるか！　人食い虎に片腕をしゃぶらせて飼いならせるか！　犬や猫の言葉が何となく分かるか！　ウナギもクロマグロも食い尽くそうじゃねえか！　チャンピオンになりたくないか！　ティラノサウルスを素手で倒せるか！　小惑星を殴り飛ばせるか！　男は黙ってメリケンサックか！　心のどこかでネッシーを信じてるか！　ヒマラヤでイエティとタイマン張れるか！　宇宙人の急所を直感で見破れるか！　UFOを投げ縄で捕獲できるか！　シジミの味噌汁にバイアグラぶっ込んで飲んでるか！　ダイヤモンドより硬く勃起できるか！　朝立ちで釘が打てるか！　¿TENÉS LOS HUEVOS? 音速で世渡りしてるか！　週末を核シェルターで過ごしてるか！　生まれてくる時代を敢えて間違えたか！　明日が死刑でも壮大な夢を語れるか！　大和魂は核爆発してるか！　夏祭りより血祭りか！　第三次世界大戦が待ち遠しいか！　ハルマゲドンの

イメトレはしてるか！　正当防衛で人を殺したことはあるか！　闘争本能に身を任せてみるか！　今ここで俺と殺し合えるか！　こんにちは！　朝ご飯ちゃんと食べてきたか！　今日はこのくらいにしておくか！」

苦情

対向車線沿いの煌々と光を放つガソリンスタンドがリアガラスの向こうに遠ざかった。杉山遼一はウインカーを出すと減速してハンドルを切り、表通りの国道から左折して住宅街の路地に入った。橙色の明るみに焼けていた夜空がにわかに青暗くなり、ひっそりと深まりゆく闇に包まれながら、銀色のステーションワゴンは灰色の塀に沿って進んでいった。

「何か怖い人なんですよね、入居者は」と杉山はヘッドライトに照らされた前方を見据えたまま言った。

「ああ、前に督促しに行った時のメモ見たら、極めて不機嫌な態度って書いてあった」と助手席の田宮昭彦は薄い唇を歪めて独り笑いを浮かべた。「それで思い出したんだけど、知り合いにヤクザがいるようなことを仄めかされたんだよ、その時」

「ええっ、マジですか……」

「まあそれはフカシだろ、勤務先は町工場みたいな所みたいだし」と田宮は平静に言いながら窓越しに傍らの、ぼうっと滲んだ街灯の白光を見上げた。「単にちょっと悪ぶってるだけで、要するに典型的な不良上がりなんだよ、きっと」

「でも町工場も下請けとか孫請けとか、そういうのはよく分かりませんけど、どこも厳しくてどんどん減っていってるんでしょう？　六ヶ月も家賃滞納してるのもそういうので給料が支払われてないとかじゃないですかね、もしかして」

「いや、それがちょっと社名で調べてみたところでは、規模的には零細なんだけど他では断るようなものも粘って作って、大企業と共同で海外でも特許取ったり、それが宣伝になって世界的な大手メーカーからも依頼が来るような所らしいんだよ。たぶん相当独自の技術力が凄いんだろうな、匠の技ってやつか」

「へえ、じゃあそこをクビになったとかじゃないですかね」と杉山は車を徐行させて歩行者とすれ違いながら言った。「それか極度の職人気質で生活の常識がないとか」

「さあな……何にしても契約書には二ヶ月滞納でアウトって書いてあるんだから、オーナーの温情がなかったらとっくに追い出されてる」

「それでおまけに騒音、廊下にゴミを放置」と杉山は疲れたような目をして呟き、ドリンクホルダーからプラ蓋付きのコーヒーのカップを手に取った。「しかも保証人は音信不通」

「あとは夜逃げでもすれば完璧だな」と言って田宮は鼻から溜息をつき、下唇を噛んで小さく首を振った。

やがてカーナビの明るい音声が目的地到着を報せ、杉山は路肩に車を停めた。田宮はシートベルトを外すと後部座席に身を乗り出して、そこに置かれた鞄に手をかけた。

「たまに思うんですけど、この業務って警察みたいなところがありますよね」と呟くように言って杉山もシートベルトを外すと、ドアを開けて道路に降り立った。「苦情の電話を受けて現場に向かうっていう」

「桜の代紋でも持ってればもっと簡単に言うこと聞いてくれるんだろうけどな」と田宮は厄介そうにぼやき、片手に鞄を提げて道路に降り立った。「じゃあ行くか」

ドアを閉める音が少しずれながら重なって響いた。

「もう風呂に入って寝る前のひとときって感じですかね」と長身の杉山は近くの塀の向こうへ視線を投げた。

「ああ、俺たちは違うけどな」とやや小柄の田宮は腕時計の夜光の文字盤を見た。

遠隔ロックの音を合図に二人は閑静な路地を歩き出した。

夜の帳の下りた住宅街には窓明かりが並び、街灯の明かりも相まって辺りに満ち渡る闇を薄ぼんやりと透かしていた。涼やかな夜風がそよ吹いていた。傍らの生け垣には木の葉が旺盛に茂り、それが田宮の背広の肩先をさわさわと掠めた。

「あれだな」と角を折れた途端、田宮は三階建ての軽量鉄筋アパートを指さした。

「用心棒代わりなんだからしっかり睨みを利かせてくれよ」

杉山は横目に見交わして小さく頷くと、眉間にうっすら皺を寄せて建物を見据えた。切れ長で奥二重の目がすっと三白気味になった。

敷地内の敷石道に入り、数台の車体が鈍い光を艶めかしく反射する住人用駐車場を右手に建物の玄関へと歩きながら、一階の部屋を田宮が顎で示した。

「いるな、明かりがついてる」

ベランダには何も噛んでいない物干しハンガーがひとつぶら下がり、柵の向こうのガラス戸は薄白いカーテンに覆われて室内の光を放っていた。

「名前は、武藤さんでしたっけ？」

「ああ、武藤義徳。一〇二号室」

二人はエントランスに入り、左手の郵便受けを一瞥してその先の廊下に進み、一〇二号室の前に立ち止まった。田宮は背後の壁際に鞄を置き、玄関扉に近づいてインターホンを鳴らした。杉山はその斜め後ろに立ち、ネクタイを締め上げると、目の芯に鋭さのこもった無表情で待ち構えた。

「出ないな」と田宮は呟き、もう一度インターホンを鳴らした。くすんだ白塗りの壁と鼠色の床の廊下に間の抜けたような音が響き、その余韻が後を引きながら消え入り、間もなく静けさが戻った。「おいおい居留守か」と呼出ボタンを人差し指で触れる程度に小刻みに叩きながら、田宮は囁くように呟いた。杉山は戸口を睨んだまま直立していた。

田宮は腰を落としてしゃがみ込み、新聞受けの差入口の蓋を押し開け、そこに口を近づけて呼びかけようとして突然、顔を激しく斜め下へそむけた。

「どうしました？」と杉山は怪訝そうに上体を少し屈めた。

田宮はしゃがみ込んだまま顔を歪めて振り向き、鼻の下にゆるく握った拳をあてながら、もう片方の手で手招きをした。杉山はすぐ隣にしゃがみ込み、一歩横にずれた田宮が黙って指さす新聞受けの蓋を押し開け、そこに鼻口を近づけた。

杉山も顔を歪めてそむけ、丸めた手のひらで鼻脇を覆うようにしながら、眉をひそめたままの田宮と見つめ合った。「生臭いですね……」

「ああ、頭にきて手製の張り紙をドアに貼ってやったって言ってたから、さすがに玄関の中に引っ込めるようになったのか……死臭じゃないだけマシだな」

「それに……」と杉山は鼻をつまんでまた蓋を押し開け、その隙間に片耳を近づけた。ズドドドドドドドという音とドカーンという音、パン、パン、カシャという音、飛び交う英語の台詞、加えて緊迫感を醸すようなＢＧＭが漏れ聞こえてきた。田宮も黙って耳を澄ましていた。

「ずいぶん物騒ですね」

「ああ」と田宮は呆れたように微かに苦笑いを浮かべた。

「インターホンも聞こえてないんじゃないんですか、掻き消されて」

「ヘッドフォンしてるのかもな」

「でもそれなら外に音はしないでしょう。それか、スピーカーと両方出力してるのかもしれませんけど」

「何にせよ」と言って田宮は差入口を示した。「そこ開けといてくれ」

杉山は頷くと蓋を開けたまま押さえ、田宮は鼻をつまみ、もう片方の手を口脇に添えて室内へ呼びかける構えを取った。

「すみませーん、武藤さーん、いらっしゃいますかー」

二人は束の間、耳を澄ましてじっと待った。反応はなかった。

「管理会社の者なんですけどー」

さらにしばらく待っても反応はなく、田宮は立ち上がってドアをこんこんと拳で叩き、それから腰を屈めてまた片手を添えた口を寄せた。

「武藤さーん、開けてもらえませんかー」

なおも耳を澄まして待つも反応はなく、杉山は片手で蓋を押し開けたまま立ち上がり、インターホンを鳴らした。続けて田宮がまた口を寄せた。

「いらっしゃいますよねー、武藤さーん」

二人はしばらく黙って待っていたが、やはり反応はなかった。

「開けてるからこの辺もうっすら臭ってきたな」と田宮が鼻の前で手を振って扇ぎ払うようにすると、杉山は蓋を押さえていた指先を離した。田宮は腕時計をちらと見た。

「何で呼び出すのにこんなに何分も掛かるんだろうな、天岩戸か……」

杉山は鼻先で微かに失笑して、外の方を指さした。「ベランダに回ってみます?」

田宮は黙って外の方へ目をやりながら、いまいちどインターホンを鳴らした。

いきなり解錠の音がして玄関扉が開き、二人がとっさに後ずさると、ドアチェーンの掛かった隙間から、無精髭を生やした仏頂面が気怠げに外を覗いた。髪の毛はぼさぼさで上下スウェットを着ていた。

「何ですか?」と武藤義徳は低く太い声で言った。

「こんばんは、前にも一度伺いましたので覚えていらっしゃると思いますけど」と田宮は冷静な目つきで相手を見つめながら、名刺を一枚取り出して両手で差し出した。

杉山は斜め後ろに無表情に立ち、無言で小さく会釈した。

武藤は片手で名刺を受け取ると、興味なげに一見してポケットに入れた。

「さっきからずっと、お呼びしてたんですよ」

「ああ、すみません、あんまり聞こえなくて」と武藤は不機嫌そうに目を逸らしながらぼそぼそと言って、頭をぼりぼり掻き、親指で後ろを指した。「なかなか区切りも付かなかったから」

「区切り?」

「いや……」

「あの、まあこれちょっと、開けて話しましょうよ」と田宮はドアチェーンを手で示した。「きちんとね……」

杉山は斜め後ろからじっと視線を突きつけていた。

武藤は渋々の様子で鎖を外すと、扉を半ば開けて窮屈そうに玄関先まで出て、サンダルの足先でストッパーを下ろした。がっしりとした中背だった。その背後の室内廊下の先は木目調の開き戸が細い隙間を覗かせるだけで、奥の居室は見えず、緊迫感を醸すようなBGMがなおも聞こえていた。明かりに照らされた靴脱ぎには幅の半分以上を占めて深緑のダストカートが陣取り、その奥行きが収まりきらず、スチール製の後輪は床に乗り上げていた。そのせいで少しだけ斜めに前傾した合成樹脂製の荷箱の底に、生臭い腐臭を立ち上らせるゴミ袋が幾つか覗けた。

「これ、臭いますよね……蓋とかないんですか?」と田宮は手で示した。

「ああ、こっちに」と武藤はダストカートが片寄せされた方の側壁を指した。「折りたたまれてる」

田宮はちらりと覗き込んでから、また相手の目を見つめた。「ここ最近、まあ前から度々そうだということなんですけども、こういうゴミですね、よく廊下に出したまま置いてるっていう苦情が来まして」

「はい」と武藤は何食わぬ顔で腕を組んで頷いた。

「いや、はいじゃなくてですね」

「だからこれ買ったんですよ、中古ですけど」と武藤は深緑の縁を手先で叩いた。

「やっぱりなかなか、捨てるタイミングが合わなかったり」

「ああそうですか。それはじゃあ、今後は絶対に外に置かないということでよろしくお願いします」と田宮は表情ひとつ崩さずに平坦な口調で言った。「それとですね、騒音の苦情も来てまして」

「隣の奴ですか？」

「いや、匿名の方からです。今もこれ、聞こえますよね、ちょっと小さくしたみたいですけど、戦争ゲームか何かですか？　ベランダのガラス戸が開いててそこから大音量で漏れてるっていう話もありましてですね」

「それは風が涼しいから網戸で」

「いや、風が涼しくて開けるのは一向に構わないんですけども、音ですね、問題は」

「なるほど」と武藤は難しそうに頷き、鼻の頭を撫でてから、また胸の前で腕を組んだ。

「はい……あと最後に、これがまあ一番の本題なんですけど、家賃が」

「ああ、払います」

「もう滞納が六ヶ月なんですよね、これまで内容証明も何通か届いてると思うんですけど。これもう、限界に来てますからね、というか、もうとっくに過ぎてますから」

田宮はしきりに手刀を切るような手振りを交え、次第に語気を強めた。

「だから今週中、今週中に払っていただけないとこれもう、法的手段、裁判ということになりますから、退去処分を求めて」

「ああはいはい、払います」と武藤は面倒臭そうに小刻みに頷いた。「払います」

「絶対ですよ」と田宮は相手の目をしっかり見つめて念を押した。

杉山は依然として斜め後ろからじっと視線を突きつけていた。

「はい……」

「じゃあそういうことでよろしくお願いします。あと、音は小さく」

「はい」

武藤は頷いて目を逸らしたが、鞄を持った田宮と杉山が頭を下げ、くるりと背を向けた途端、ふて腐れたような面持ちで睨みつけた。背広姿の二人は振り返らずにそのまま歩いていき、エントランスに入った。

「意外とあっさり済みましたね、従うかはともかく」と杉山は小声で言った。

「後ろで睨み利かせてくれてたからな」と田宮は冗談めかすように言って、めざとく郵便受け脇の掲示板の剝がれかけた張り紙のテープを押しつけると、追いついて杉山の背をぽんと叩いた。「さすが剣道二段」

「いやいや、田宮さんこそ目が怖いんですよ。下手に出そうな顔してるのに結構強硬っていうか、断固としてますもんね、いつもこういう時」

「駄目なものは駄目ってきちんと言わないと」

「ですね」と杉山はこっくり頷き、ふと視線を上げた。「あ、今夜は満月ですよ」

建物を出た二人のほぼ正面上方に、まん丸と輝く月が浮かんでいた。二つ三つ星も煌めいていた。月光がぼうっと青暗い夜空に広がり、地上へ柔らかに降り注ぎ、敷地内を仄明るく照らす外灯や窓明かりと相まって、辺りの夜気に幻想的な淡い輝きを醸していた。

二人の後ろのベランダに音もなく出ていた武藤が、精巧な造りの黒光りするアサルトライフルを持ち上げると、手早く弾倉をはめ込み、コッキングレバーを引き、銃床を右肩にあて照準器を覗いて狙いを定め、引き金を引いた。

ズドドドドドドドドドドドドドドドドドドドドと振動する凄まじい轟音の速射が並ぶ人影を撃ちまくり、飛び出た空の薬莢が次々に隣との間仕切りにぶつかり、下に落ちて高く小さな音を響かせて転がった。

蜂の巣になった田宮と杉山はばたりと倒れ込んだ。

武藤は紐付きの耳栓を外して首にぶら下げ、左手に握り持つ銃の先端から硝煙をくゆらせながら、横たわる死体の影を目を細めて睨みつけると、くるりと背を向けて室内に戻った。

「うるせえんだよ！」と怒鳴り声と壁を殴る音が轟いた。

びくっと肩先を強張らせて武藤は隣室の方を見やり、眉間を歪ませると、ふっと銃口に息を吹きかけて硝煙の名残をたなびかせ、険しい形相でアサルトライフルを握り直した。

近所の犬どもがにわかに荒々しく吠え立て始めた。

犯罪捜査

居間の奥に据えられたテレビにはＮＨＫのニュース番組が映し出されていた。その両側の出窓とガラス戸には共に白いレースカーテンが掛かり、外のベランダの暗がりをおぼろに透かしていた。

向井成一は直角に配置された二つの二人掛けソファの片方に座り、膝の上にラップトップを置いたまま、ローテーブルの上のリモコンを手に取って、正面のテレビの音量を下げた。男女のアナウンサーがにこやかに言葉を交わす声がごく小さくなり、そちらには目もくれず、真剣そうにキーボードを叩く音だけが際立って響いた。

向井翔子は布巾で流し台を拭き終わり、カウンターキッチンから出てくると、食卓の隅にちょこんと置かれた急須の、熱を帯びた蓋に指先で触れた。それからその取っ手を持ち、もう片方の手先で蓋をかるく押さえながら、注ぎ口を湯呑みへ傾けた。じょろじょろと煎茶の注がれる音とともに、仄白い湯気と甘やかな香りが立ちのぼった。

「あら、明日雨？」

手もとで最後の一滴までしたたらせながら、翔子はやや目を細めてソファの向こうに映る天気予報図を眺めた。その時、にわかに子供たちの隔たった笑い声が反対の奥まった方から聞こえた。翔子はちらとそちらへ視線をやってから、湯呑みをローテーブルまで運んでいき、それを夫の前に置いた。

「あいつら、まだ寝てないのか」と成一はぼそっと呟いた。

「梨乃が図書館でなぞなぞの本を借りてきて、今日は帰ってからその問題をずっと武史に出して盛り上がってるの。私も出されたんだけど全然分からなくて、答えを聞くと大人でもなるほどって思うようなやつ」

成一は興味なげにわずかに頷き、右手を伸ばして湯呑みを慎重に持ち上げると、ふうと冷ます息を吹きかけてから、熱い煎茶を啜った。翔子はその斜向かいに腰を下ろした。

「ねえ、あの子たちやっぱり、もう子供部屋を分けた方がいいんじゃないかと思って」

「まだ小学生だろう」

「たしかに梨乃が中学に上がったらっていう方が切りがいいけど、あの子段々、夜更かしするようになって、武史にちょっかい出して寝かせないの。今みたいに騒いでないで、こそこそ言いながらこっそり起きてる時もあったりして」

成一は鼻先で苦笑した。「武史が一番のオモチャだからな」

「それにあなた、いつもそうやってここで過ごしてて結局、書斎なんて全然使わないじゃない？　完全にギターやら何やら趣味の物置き場にしちゃって、そういうのだってもうほとんど触らないし。全部とは言わないけど売るか捨てるかして、部屋を空けるのはどう？　中学に上がったらっていうのだってあと二年ちょっとだし、どうせこのままっていうわけにはいかないんだから」

成一は聞き流す素振りで顔をそむけ、湯呑みを前に置くと、むっつり黙り込んでまた真剣そうにキーボードを叩き始めた。それを見て翔子は溜息をつき、おもむろに腰を上げた。ちょうどテレビではスポーツニュースが始まったところだった。

「ああ、そうそう」と翔子はふと思い出したように声を上げ、両手をかるく打ち合わせた。「この前、実家から送ってきた野菜をお裾分けしたお返しに、隣の小林さんが和菓子を持ってきてくださったんだけど、食べる？　ちょうどお茶淹れたばっかりだし」

「和菓子？」と成一は興味が動いた声色で言って、ちょっと眼鏡を掛け直した。「どういう？」

「スイートポテトみたいな栗のペーストを薄く柔らかい羊羹で包んだみたいな、これくらいの大きさの」

翔子は右手の親指と中指で丸をつくってみせた。

「私はさっき先にひとつだけ食べたけど、けっこう美味しかった。調べてみたらデパ地下とかにも入ってる老舗のお菓子で、勿体ないから子供たちにはあげなかったの。二人とも元々、和菓子は甘いだけで好きじゃないって言うし。でもこれも甘いは甘いけど、栗の素朴な風味がちゃんとあってなめらかな口当たりで、上品な和菓子版のモンブランっていうか。普通のモンブランとは逆に、栗のペーストが内側だけど」

成一はつかのま想像する顔をしてから、舌先で唇の合わせ目を舐めた。

「じゃあひとつ」

翔子はこくりと頷き、キッチンカウンターに歩み寄ると、片端に置かれた赤い編み込み細工の四角い小箱を手に取り、蓋をぱかりと外した。するとその中に数センチ大の、黄色い茶巾絞りの包装が四つ見えた。

ピーンポーンとインターホンが鳴り響いた。

夫婦は揃って玄関の方へ視線を投げ、それから翔子は肩越しに振り返り、背もたれ越しに振り向いた夫の横顔を見た。

「こんな時間に誰かしら」

成一は真後ろへ首をひねり、出てみろとばかりにかるく顎をしゃくった。翔子は小箱とその蓋をひとまず置き、居間の扉の脇の受話器型インターホンに近寄って、付属の小型モニターの映像にじっと見入った。首元にネクタイが覗く男二人が玄関前に佇んでいた。

「ねえちょっと、何だか怪しい人たちよ。スーツ着た男の二人組……」

翔子はにわかに声をひそめながら、不審げな面持ちで夫を見つめた。成一は首をひねったまま、いいから出てみろとばかりにまた顎をしゃくった。翔子はちょっと緊張を孕むように口先をすぼめると、受話器を手に取り、それを頬にあてた。

「はい……え？……はい、あ、はい……少々お待ちください」

翔子は受話器を掛けるなり驚きに見ひらかれた目で夫を振り返った。

「ねえ、警察だってよ。ちょっと話を聞きたいんだって」

半端に顔を戻していた成一はそのまま、訝しげに眉間に皺を寄せると、じろりと尻目遣いに妻を見返しながら、また眼鏡を掛け直した。

「警察？　何の話だって？」

「知らない……ねえ、ちょっとあなた出てよ」

翔子は自身をかるく抱きすくめるようにしながら、怖じ気づいた眼差しで夫を見つめた。成一はちろりと舌先で薄い唇を舐めると、ラップトップを閉じて小脇に置き、リモコンを取ってテレビを消して腰を上げ、すたすたと妻の方へ向かった。

「まさかあなた何かしたってことはないでしょうね？」

翔子は傍らを通り過ぎる夫に真顔で囁きかけ、成一は微かに苦笑を漏らすと、払いのけるような手振りをみせて居間の扉を開け、右手で分岐した廊下に背を向けて、すぐ左手の靴脱ぎのサンダルに片足を突っかけた。それからドアスコープを片目で覗くと、小首を傾げ、ガチャンと錠を回して取っ手をひねった。玄関扉を外へ開くにつれて軋むような音がした。ひんやりと漂い込んでくる冴えた夜気の中、自動点灯する外廊下の明かりに照らし出されて、トレンチコートを羽織ったスーツ姿の男二人が立っていた。

「どうもすみません、こんな夜分遅く」

三十前後の色白の眼鏡男が開かれた玄関扉を押さえて、いかにも恐縮げに頭を垂れた。その後ろの五十前後のがっしりした男もわずかに頭を垂れた。向井成一は曖昧に頭を垂れ返した。すぐ後からついてきた翔子は恭しく会釈した。

「実はちょっとお話を伺いたいことがありまして。あの一応、これ」

若い刑事は愛想よくはにかんでみせながら、紐付きの警察手帳を控えめに掲げた。金属製の細いフレームの眼鏡をかけ、艶やかな整髪料で直毛を後ろへ流して、トレンチコートの襟をゆるく立て、ネクタイをしっくり締めていた。その後ろの年配の刑事は真顔を崩さず、しかつめらしく目礼した。ごわっとした短めの髪を七三に分け、いかつい顔面は脂ぎり、太い首に窮屈そうなネクタイの結び目は少しずれていた。

「あの、どうぞ中にお入りになって」

　戸惑いがちに突っ立つ夫の腕を後ろから引っ張りながら、翔子がにこやかに促した。

刑事二人は会釈して靴脱ぎに入った。年配の刑事は音を立てないよう、後ろ手にゆっくりと玄関扉を閉めた。翔子は上がり口の明かりを灯した。

「こんな夜分遅くに申し訳ありません」

　若い刑事は物腰柔らかに微笑んでまた頭を垂れた。いえいえと小刻みに首を振りながら、成一も遅れてぎこちない愛想笑いを浮かべた。

「それで、つかぬ事をお伺いしますが、このマンションには越されてきたばかりですよね？」

「ええ、まだふた月と少しくらい……」

「実はこのお宅を購入される際のことについて、少しお訊ねしたいんですがね」

出し抜けに年配の刑事が口をひらき、射抜くような鋭い眼差しで成一を見据えた。

若い刑事もうっすら目頭を強張らせて真剣味をあらわした。

　成一は不安交じりに警戒するふうな面持ちになり、ゆっくりと小さく頷いた。

「あの、立ち話も何ですからどうぞお上がりになってください」

　張り詰めかけた雰囲気をほぐすように翔子が笑顔で勧めた。

「いえ、お構いなさらずに」と若い刑事は遠慮した。「そんなにお手間は取らせませんから」

「でも立ちっぱなしだと疲れますから、どうぞ奥でお座りになって」

「いえ、本当に」

「でも、ここだとちょっと寒いですし」

翔子は眉をひそめて片手で二の腕をさすりながら、もう片方の手ですぐ傍らに覗く居間を指し示した。若い刑事が当惑した様子でちらと横目を遣うと、年配の刑事はやや面倒そうに、仕方ないとばかりに目の奥で頷いた。

「じゃあすみません、ちょっとだけお邪魔させていただきます」

翔子はとっさに夫を居間の方へ押しやり、壁際のスリッパ立てから客用のスリッパをふた揃い引き抜いて並べた。刑事二人はゴム底の革靴を脱ぎ、また小さく頭を垂れてスリッパを履いた。妻に目で促されると、成一は手振りで刑事二人を招き入れた。翔子は上がり口に膝をつき、来客の革靴をきちんと並べ直した。

「どうぞ」

「失礼します」

ローテーブルに沿って直角をなす二つの二人掛けソファの、片方にコートを羽織ったままの刑事二人を座らせると、成一はもう片方に腰を下ろした。二対一で斜めに向かい合った。

「改めてこんな、夜分遅くに申し訳ありません」と若い刑事は両手を膝について言った。

「いえいえ、むしろこんな遅くまでお仕事をされて、こちらこそ何というか、ご苦労様です」

その時、翔子が遅れて戻ってきて、刑事二人はちらと流し目に会釈をくれた。翔子も目礼を返して、そっと居間の扉を閉めた。それから食卓の上の急須、カウンター端の小箱をそれぞれの手に持ち、ひっそりとキッチンの中に入っていった。

「奥様とは、共働きですか?」

「……ええ、私が企業の中の研究職でして、大学の先生と共同研究なんかしているものですから、その方面のツテで妻も、知り合いの研究室の秘書みたいなことを。週三、四日のパートですけども」

「そうですか。いやこのご時世、あまり早い時間に伺っても、お仕事から帰宅されてない場合も多いもので、それで仕方なくこんな遅くに」

「ああ、そういう……」

「それでさっそくなんですけれども、お伺いしたいのは、石崎輝夫という男のことでして」

「石崎？」

「このお宅をご購入された時に、仲介の担当をしていた、不動産会社の」

「ああ……」と成一は半ば思い当たるような、半ば思い出そうとするような声を漏らした。

「この男なんですがね」

年配の刑事は懐をさぐって一枚の写真を取り出すと、それを見せつけ、前のめりに目を凝らそうとした成一に対して、どうぞと手渡した。受け取った成一はその写真の肖像をじっくりと眺めた。眉上の長さの前髪を真ん中で分け、三白気味の細い目、太い鼻梁、ややしゃくれた顎の目立つ大ぶりの顔に無理につくったような笑みを浮かべていた。スーツを着た肩幅は広く、下部で見切れている胸板も分厚そうだった。

「うーん、たぶんこんな人だったとは思うんですけど……」と成一はやがて首をひねりながら、薄い唇に自信なげな苦笑を滲ませた。「すみません、私は仕事のこと以外だと全然記憶力がなくて、特に人の顔があまり覚えられないもので」

そこへ向こうから、翔子が茶碗の並ぶ盆を両手に持ち、そろそろと歩み寄ってきた。刑事二人が揃って目をやり、成一もそちらを振り向いた。

「ああちょうどよかった、これなんだけど」

「何？　ちょっと待って」

翔子は慎重にローテーブルに盆を下ろすと、床に膝をつき、餡子色の小玉に菓子楊枝を添えた銘々皿をまず来客に配した。

「お茶とお菓子をどうぞ」

「いやいや、こんな、お構いなく」と若い刑事が困惑した様子で言った。

「お菓子は今ちょうど、夫にも出そうとしていたところで、数があったので」と翔子はにこりと微笑み、手際よく茶托に煎茶入りの茶碗を載せると、それも来客二人に配してから、夫の前にも和菓子の銘々皿を置いた。「今日たまたま、お隣さんに頂いたものなんですけど、この外の餡子の中には栗の餡が入ってるので、もしお嫌いじゃなかったら」

年配の刑事は目の前に置かれた和菓子を見た。茶巾絞りによって小玉の頭が尖り、栗をかたどったように見え、外側の羊羹風の照りを帯びた餡子がそこだけ薄い上部から、内側の蒸栗色が覗いていた。

「いえ、こういうのは原則として、頂けないことになってるんですよ」と若い刑事は申し訳なさそうに言って、両手で自分たちを示しながら、愛想笑いを浮かべた。「私もこちらも甘党なもので、本当は頂きたいところなんですけど、お気持ちだけ」

「あら、そうなんですか」

年配の刑事が黙ったまま、微妙に照れ臭そうに隣を睨んだ時、成一が妻の肩をちょいと叩いて、手に持ったままの写真を見せつけた。

「この部屋を買った時の、不動産屋の担当、この顔だったかって」

「ああ、そうそう、この人この人」と翔子は即座に小刻みに頷き、それから若い刑事を見た。「この人が何か？」

「実はこの、石崎という男が会社の金を何千万と横領していまして、あげく今、海外に逃げて行方が知れないいんですよ」

「えっ、そうなんですか」

「高飛びというわけですか」と成一は合いの手を入れながら、ひとつ遠い方の斜交いに向かって、ちらと目礼して石崎の写真を差し出した。じっと思案げに視線を落としていた年配の刑事は一瞬気付かず、はっとして慌てて受け取った。

「ええ」と若い刑事は難しそうに頷いた。「もともとギャンブルで借金をして、それを穴埋めしたり、あとは高い飲み食いをしたり、女性関係にも……」

夫婦はそれぞれ表情に驚きを残したまま、おもむろに目を見交わした。

「で、どうでしょう、担当されていた間、何か不審なところ、怪しいところはありませんでしたか？　あるいは特に何か、今からすると事件に関係がありそうな、そんな話をしていたりしませんでしたか？」

成一は顎に手先を添え、じっくりと首をひねった。翔子も伏し目がちに黙り込み、思い返すようにぱちぱちと瞬きをした。壁掛けの時計は音もなく秒針を走らせていた。キッチンの冷蔵庫は低く唸っていた。外を夜風が渡り、ベランダに面した出窓とガラス戸を微かに震わせた。

「うーん、いや、正直言ってこれといったことはないですね。話したこともただ客と担当者という関係での……」

「でも、言われてみるとやっぱり怪しかったわよ。何だかいつも目がニヤニヤしてたじゃない、あの人」

「それは向こうも何とかして買わせようとするわけだから、怪しいと思えば怪しいようにも見えてくるだろう」

「契約面とか、手続きなどなどで何かおかしなところは？」

「いえ、特にありませんでしたね、幸いなことに」

「それにしてもそんな人の仲介でここを買ったとは、何だか嫌ね……」

翔子は上目がちに広々とした居間をぐるりと見回した。

すると顔を振り向けた先の、居間の扉にひっそりと隙間があり、子供の目がこちらを興味深そうに覗き込んでいた。翔子はとっさに顔をしかめて、部屋に戻りなさいとばかりに首を小さく振った。若い刑事もそちらを見やり、成一も振り向いた。そのとたんに目はさっと隠れた。

「すみません、ちょっと子供が……」と翔子は苦笑してみせた。

「私たちが起こしちゃいましたかね」と若い刑事は恐縮げに言った。

「いえいえ、まだ寝てないだけなんです。最近夜更かしが癖になってて」

成一はそこでふと、小脇に置いたラップトップの下の、ファスナーが開いたままの鞄へ手をやり、その中をまさぐって手帳型の名刺入れを取り出して、ぱらぱらとめくり始めた。床に跪座《きざ》していた翔子がソファの端に座り、布巾の載った盆を膝元に置いて横合いから覗き込んだ時、一枚の名刺が抜き出された。

「ああ、やっぱりまだ持ってました。これその、石崎っていう人の名刺です。しかも顔写真入りでしたね……」

すかさず手が差し出された。「ちょっと見せていただいても?」

「はい」

若い刑事は名刺を受け取り、その表裏をよく眺めて、年配の刑事に身を寄せながら、ぼそぼそと何事か耳打ちをした。年配の刑事は頷いて一瞥したのみで、重々しく黙り込んだまま、また思案げに視線を落とした。

「これ、持ってっちゃっていいですかね、一応」

「ええ、もちろんどうぞ」

若い刑事は名刺をすばやく懐にしまい込んだ。

「それで結局、何もおかしなところ、気づいたところはなかった、と」

「ええ、すみません、お役に立てなくて」

「いえいえ、こちらこそこんな夜分遅くにお時間を割いていただいて」

「刑事さんもこんな時間まで大変ですね」と翔子が親身そうに言った。「この後もまだお仕事なんですか？」

「ええ、まあちょっと……」

若い刑事は言葉を濁しながら視線を逸らすと、ふと感づいた素振りでそのまま、居間の扉の方を見た。ひっそりと開いた隙間から、また子供の目がしげしげと覗き込んでいた。若い刑事はひょいと眉を上げ、ちょっとおどけた表情で見つめ返した。すると子供の目はさっと引っ込み、それからまたゆっくりと半ば現れて、ちらちらと面白そうに見え隠れした。

「すみません」と翔子は苦笑交じりに頭を垂れた。成一も曖昧に妻に倣った。

「いえいえ」

若い刑事は愛想笑いを浮かべたまま、脇の座面に片手をつき、少し前傾して腰を上げようとしながら、隣に目配せをした。年配の刑事は膝の上に両手を組み、眉間に皺しそうに皺を寄せて、目の前にじっと睨むような視線を落としていた。若い刑事が怪訝そうに肘で小突くと、はっとして慌てて見返した。

「あの、お茶だけでも如何ですか?」と翔子が手で示しながら言って、にこりと微笑んだ。「お話をされて喉も渇いたでしょうし、一口二口でも」

若い刑事は上げかけた腰をいったん落ち着けると、目の前の薄緑の液面につかのま視線を注ぎ、舌先で微かに唇を湿らせた。「ああ……いえ、でも車の方に飲み物があるので、本当にお気持ちだけ。このお菓子はせっかくなので、あのお子さんにあげてください。もう歯磨きしちゃいましたかね? それなら明日のおやつにでも」

若い刑事は申し訳なさそうに微笑むと、今度こそ腰を上げようとしながら、行きましょうとばかりに隣に目配せをした。

そのこめかみに銃口が突きつけられた。

パーンと乾いた銃声が轟き、頭がその衝撃に少し傾げ、若い刑事はがっくりと項垂れながら、肩から両腕をだらりと垂らした。成一は息を呑んで眼鏡の奥の目を剝いていた。翔子はぽかんと口を開けて目を丸く固めていた。力なく垂れ下がった若い刑事の頭の、両側の貫通孔から堰を切ったように脳漿《のうしょう》混じりの鮮血がほとばしり、みるまに膝まわりを深紅に濡らしながら、足もとに流れ溜まっていった。

成一はわななくような息を吐いて我に返り、とっさには足腰に力が入らない態で座りついたまま、左手だけで妻の肩を激しく叩いた。翔子はまだ啞然としたまま、ちらと夫を見やり、その必死の形相に促されて慌てて腰を上げ、身を翻して子供の方へ駆け出した。続けて成一もやや身をひねり前傾しながら、どうにか立ち上がろうとローテーブルの和菓子の皿の手前の、端っこに補助の手をつこうとした。

そのとたんに銃口が振り向けられて、またパーンと乾いた破裂音が響き渡った。成一はうわっと顔をそむけ、反射的に手も引っ込めた。その勢いで斜め後ろにもたれ込んだ。顰めっ面で閉じかけた瞼を開けてすぐ、目の色を変え、つっと小鼻を引きつらせて左腿を見た。弾道にえぐられてズボンが焦げ破れて、生々しい肉の裂傷がひとすじ覗けていた。

「梨乃！　逃げるのよ！」と翔子は振り返らず、居間の扉を開けて切迫した声で叫んだ。「大丈夫？　武史は？　部屋なの？」

「部屋……」と梨乃が応答した直後、どたどたと奥へ駆け込む足音が響き渡った。

年配の刑事はすばやく斜交いに身を乗り出すと、左手でさっと成一の皿の和菓子をつかみ取り、丸ごと口に放り込むと同時に、邪魔するなとばかりにまた右手の銃を差し向けた。成一はそむけた顔を思いきり伏せて、両腕で庇うように頭を抱え込んだ。肩も顎も小刻みに震え出していた。

「梨乃は外に逃げなさい！」と廊下を絶叫が響き渡り、子供部屋の扉が騒々しく開け放たれた。続けて慌ただしく二段ベッドの梯子の揺れる音が立った。「武史、起きてる？　起きてお母さんと一緒に来て！」

年配の刑事はしっかりと右手に銃を構え、頬張った和菓子をもぐもぐ咀嚼して、ごくりと飲み込み、美味そうに小さく舌鼓を打った。それから左手で若い刑事の前の茶碗を持ち上げ、ごくごくと煎茶を飲んだ。成一はよじった身を縮こめて顰めっ面を伏せたまま、尻目に恐る恐る様子を窺った。年配の刑事は顎に幾筋も垂れ流しながら、一気に飲み干した茶碗を乱暴に放り捨て、空いた手でさっと若い刑事の皿の和菓子を取り、それも口に入れた。茶碗が壁にぶち当たり、割れ落ちる派手な音が響いた。銃口を向けられたままの成一はびくっと竦み上がり、張り詰めた吐息を漏らした。

「眠いじゃない！　早くつかまって！」と翔子が子供部屋で叫んでいた。と同時に玄関扉が押し開かれる軋むような音もして、そのストッパーが外廊下の床を打った。

年配の刑事は自分の皿の和菓子もつかみ取り、ひとつもぐもぐと咀嚼し始めた口の中に、それも追加して押し込んだ。ぱんぱんに頬張って顎を動かしながら、照準のぶれた右手の銃を改めて構え、そこでうっと吐きそうになり、左手で自分の前の茶碗を持ち上げ、煎茶を少し流し込んだ。ごくんといくらか飲み下すと、頬の膨らみが緩和された。年配の刑事は頬張った残りを咀嚼しながら、また少し煎茶を流し込んで、ごくんとさらに飲み下した。成一は息を押し殺して打ち震えながら、尻目に恐ろしげに銃口を睨みつけた。

ふたたび慌ただしく梯子の揺れる音が立った。と同時に上がり口の方から、少女がちらと一瞬だけ居間を覗き込んだ。

「お母さん、早く！」と梨乃が廊下の奥へ叫んだ。

「梨乃、何で待ってるの！　先に逃げなさい！」と翔子が叫び返した。

年配の刑事は舌で甘味の滓《かす》を掻き集めるふうに、もぞもぞと口まわりを蠢かせた後、ごくりとそれも飲み込んで、また美味そうに小さく舌鼓を打った。それからふうと満足げに溜息をつき、唇をひと舐めすると、成一に狙いを定めていた銃をすっと引き、あんぐりと口を開け、その中に上向きに銃口を差し込んだ。

「しっかりつかまって……」と息張った声がして廊下の奥から、重たげに駆け出す小刻みな足音が響いた。

尻目にじっと睨みやる成一を一瞬、年配の刑事がじろりと睨み返した。

パーンと乾いた銃声が轟き、眼光が薄暗く凍りついて、咥えていた銃身を吐き出すようにしながら、年配の刑事はがっくりと項垂れた。銃は右手に握られたまま膝に落ち、鼻孔とだらしなく開いた口から、たらりと血の筋が垂れ流れた。

「梨乃、逃げなさい！」

どたどたと騒々しい足音を半狂乱の怒鳴り声がつんざき、そのとたんに少女が飛び出した足音が外廊下に響き渡った。半ば茫然としたまま、すくめた肩越しに年配の刑事を見つめていた成一は冷や汗びっしょりの青ざめた顔を振り上げ、ソファの背もたれ越しに玄関の方を見やった。その直後、半開きの居間の扉口に必死そうな妻の姿がよぎった。子供を抱きかかえていた。

成一はとっさに呼びかけんばかりに息を吸い込むも、ふと不安げな目つきで振り返り、年配の刑事を見た。ぐったりと項垂れたまま微動だにせず、ぽたぽたと血を滴らせていた。その膝の上の右手の、引き金から人差し指の半ば外れた銃を注意深く睨みつけ、ほっと肩の力を抜きながら溜息を漏らすうちに、不意に強張った呻きが入り混じった。きつく顔をしかめて左腿を見下ろすと、弾道にえぐられた生傷から、赤々と血が噴き出してその染みを広げていた。

「お父さんは?」と階段を駆け下りる梨乃の声が響いた。

「いいから!」と翔子は雄々しい声で怒鳴りつけた。

流れ込んでくる冷ややかな外気とともに、一目散に駆け下りていく母子の足音が重なって響き聞こえた。成一はきつい顰めっ面のまま、開けっ放しの玄関の方を振り向き、そちらへ顎を突き出すようにした。

「おい!」と叫びかけたが、その声は張りもなく掠れていた。

たちまち苦しげに呻き、痛々しく顔をゆがめて悶えるうちに、階段を踏み鳴らす足音は折り返すごとに緩急をつけて、すみやかに遠ざかっていった。冷え冷えとする居間の空気の中、辺りには生臭い鉄のにおいが漂い出していた。

「畜生、アメリカでもないのに……何でこんな目に……」

成一は辛そうに口呼吸をしながら、潤んだ目を怒らせて年配の刑事の死体、その右手の銃をまた睨みつけ、血みどろの若い刑事の死体も見た。不快げに眉をひそめて、その足もとの血溜まりにもちらと目をやった途端、むっと血腥さが生々しく鼻奥に染み入り、うっと吐き気を催すと、たちまち込み上げる逆流に頬を膨らませるなり、凄まじく喉を唸らせて嘔吐した。固形物を含んだ薄茶色い濁流が床にぶちまけられて、細かいしぶきが飛び散り、斜め前の血溜まりと混じり合った。がっくりと項垂れて喉を引き絞り、続けてこみ上げた第二波も激しく嘔吐しながら、成一は上目遣いに同じ体勢の死体たちを睨みやり、肩を震わせてくつくつと笑い出した。

道

「すみません、ちょっと駅から歩くんですけど、車を使うほどではないので」と安永元気は半歩前に出て先導しながら、僧衣を纏った伊ノ木寛仁に声をかけた。「こういうお仕事ってよくあるんですか？」

「そうですね、広い範疇で言えば時々ございます。私は一昨年から大学講師もしておりますので、少しは話ができると思われるのか、講演などのご依頼を頂くことも増えて参りまして。ただこの度のようにアダルトコンテンツを制作されている会社の新年会で読経と法話をさせていただくというのはやはり、初体験ですね」

坊主頭に凜々しい顔立ちの伊ノ木は爽やかに答え、すれ違いざまあどけない目を向けられて、母親に手を引かれた少女ににこりと微笑みかけた。

二人は駅沿いの歩道を連れ立って歩き、行き交う通行人はこぞって、すっとした僧侶の出で立ちに物珍しげに一瞥をくれるのだった。

「いや、もちろん僕らも仕事ですから至極真面目にやってるんですけど、作ってるものが作ってるものですから、除夜の鐘だけじゃ去年一年に背負った膨大な煩悩を払えないだろうってイベント好きの社長が言い出して」と安永は笑った。「だからゆく年くる年みたいにお坊さんにお経を上げてもらってみんなで瞑想して、なおかつ今年もまた娑婆の煩悩を背負ったこの生業《なりわい》に精進していくにあたって、まあ何というか、新たに張りきった気持ちになれるお話もしていただけたらってことになって」

「ええ、事前にもお伝えしましたように、本日はその煩悩をキーワードに、少しお話をさせていただくつもりでおります」と伊ノ木は和やかに微笑んだ。

「それと実は、うちの社長は去年に立て続けに嫌な出来事があって、車上荒らしに遭ったり飼ってた猫が失踪しちゃったり……だから災いを払って福を招くっていう、そういう意味合いもちょっと込めていただけたらって……直前になってこんなこと言うのはあれかもしれませんけど」

「いえ、お経には様々な功徳がありますから、それではそういうお願いもご祈禱させていただきます。社長さんだけではなく、皆様の厄除けや事業繁栄もお祈りして」

「ありがとうございます」と安永はかるく頭を下げた。「でも、そういう厄除け、お祓いって神社の人の専売特許だと思ってたんですけど、お坊さんもされるんですか?」

「ええ、もともと神仏習合と言って日本では、神と仏は折衷したかたちで混在していたんです。ですから神社でも般若心経などを読まれる方もおられますし、僧侶もお祓いをしたり……」

「へえ……ああ、そう言えば神さま仏さまって続けて言いますもんね」と安永は小刻みに頷くと、短く刈り揃えられた顎鬚を撫で、それから僧侶の雪駄履きの足もとへ目をやった。「もっとゆっくり歩いた方がいいですかね？」

「いえいえ、大丈夫ですよ」

凜とした冬の空気の中を颯爽と歩く二人の行く手に、ふさふさの毛襟のあしらわれた鮮やかな朱色のコートを着た女が佇んで、両手をポケットに突っ込み、少し腰を屈めながら、歩道端に立つ地図板にじっと見入っていた。

長い黒髪を垂らした女はふと顔を上げると二人の方を見やり、そのまま肩の鞄を掛け直しながら、一歩二歩と近寄ってきた。安永と伊ノ木は目を向けて立ち止まった。

「すみません、伊勢丹はどこですか？」と女は英語で訊ねた。髪のかかった片方の耳に白金に輝く小さなイヤリングが揺れていた。

「伊勢丹」と安永は鸚鵡返しに言って、遠くの方へ視線を泳がせながら、顎に手をやって鬚を撫でた。「ええと……伊勢丹って、どっちだったたっけな……」

女は返答に窮する安永を見切って、目をぱっちり開けて伊ノ木を見つめた。甘やかな芳香がほんのり漂ってきた。

「伊勢丹とか行かないからな……」と安永は呟いて隣を見た。「伊ノ木さん分かります？」

　伊ノ木は凜々しい眼差しで女と見つめ合っていた。

「何か中国の小金持ちっぽいですよね、来日しての買物が人気だから」と安永は囁くように言い足した。

「ニーハオ」と伊ノ木は微笑んで言った。

「你好《ニーハオ》」と女は微笑んで返した。

「伊ノ木さん、中国語できるんですか？」

「出来訳無、以心伝心」と伊ノ木は横目遣いに答えて微笑むと、女に目配せをして、傍らの地図板に近づいた。女もそちらへ向き直り、伊ノ木と肩を並べた。二人揃って覗き込むように前屈みになると、ボタンを留めていない女のコートの前合わせから、杏色のセーターに覆われた豊かな胸の膨らみが覗いた。

「ＹＯＵ　ＡＲＥ　ＨＥＲＥ」と書かれた現在地点を伊ノ木はすっと指し示すと、その指先を微妙に蠢かせながら、女の頰に少しばかり口を寄せた。

「貴方今此処居、隣坊主居。貴方良香、結構美貌、出所出女体、官能刺激。坊主僧衣下、徐々陰茎充血開始。坊主常時淫猥、何時如何時臨戦態勢、率直申、暇有毎晩様姦淫、繰返女犯、時折複数相手、最高一晩十五発。否、今想起、其不飽足、更加手淫三発。故最高計十八発。自他共認絶倫、性豪、色情狂、完全依存症、全身性感帯、掛値無、淫行芥川賞。愛撫博士号取得、自称羽目羽目破大王。其之性技作用、甚大絶頂感、殆死近程、喩得強烈薬物、至上蜜味、天国桃源郷、黄金光包楽園。率直申、我夢中於、観音様強制口淫後強姦、仏陀縄縛強姦肛門裂傷致死、菩提樹下自慰幾千回、罪悪感皆無。我思其良、人生刺激的、素晴哉、享楽虜也。勿論若輩頃、実際悪事多数、例、賽銭泥棒、振込詐欺、結婚詐欺、偽名駆使四股金貢、友人妻略奪堕胎強要後捨連絡断出家、知人恐喝、殺害予告、暗殺未遂、急襲射殺山奥極秘裏埋葬、幸運未不露見、罪悪感皆無、不安後悔皆無、人間階段一歩昇段感有。多分我坊主失格、座禅中肛門内振動異物、葬儀中喪服若女盗見隠密自慰、他宗派寺放火、全焼四人死亡、謹冥福祈、手拍子三本締。

話変、或日、我子猫拾、思尋常無可愛、飼育決定。即連帰、餌遣、撫撫、抱擁、純真瞳見詰。見詰内、自身心汚気付恥入、心入替決心、禁欲修行励決心。朝昼晩座禅瞑想、誠心誠意読経写経。然、文字不読、意味不理解、頭脳疲労、眼精疲労、足痺、肩凝。気分転換外出、二十四時間営業便利店入店、低俗週刊誌捲、十八禁雑誌立読。文字不読、意味不理解、其之一方、裸体写真目釘付、気付小一時間経過。店員監視下、更立読続行、両目爛々、体液先走、興奮高進余突然、我不随意射精、指一本不触。衝撃的脆弱昇天、修行不足痛感、我返、全速力走行寺帰還。何足事乎、子猫不在、寺隅々敷地津々浦々捜索、失踪行方不知、涙乍断念決定。其之時我悟、凡関係、不永続、万事僂一時、心底決心、徹頭徹尾刹那的生活様式導入、精一杯快楽追求。同時、我願万人快楽追求可能社会、相互思遣、相互賦活、躍動的法悦満溢世界平和。追求方法、自由性愛。標語採択、以和為貴。我欲世界中女相手和姦。国籍不問、禁忌無用、互恵開発、一期一会、金銭授受御法度。付加、我輸精管切断済也。

僧、烈浮灰汁。

出発地点回帰、貴方今此処居、隣坊主居。坊主僧衣下、今陰茎十全勃起、貴方外衣下、多分下着装着、其之下着下、多分密林有、其之密林下、縦一線割目有、其之割目奥、道有。我思、此道行如何成物乎……。

伊勢丹?

OK、此之地図見立貴方秘所、我指先、周縁触触、撫摩擦、徐々接近本丸。羽毛様接触、秘所本丸、撫辿撫辿。我中指立、咥舐唾液濡、緩慢押入。我指先案内人、貴方密道、温暖湿潤、蜜湧出。我中指桃色粘膜洞窟探索、腫物触様出入。写経筆先運動模倣、繊細摩擦。

貴方吐息漏、阿、吽……。

我囁、力抜、心解、感儘……。

我今、突破程勃起、爆発寸前充血、多量先走。我逸物先端繰返擦付貴方密道入口、反返限界硬直、此以上我慢不能。貴方顔紅潮、蜜氾濫兆。我差込押開、徐々深々侵入。

貴方道温迎入、吸込、包込。
貴方眉根寄吐息漏、嗚呼、嗚呼……。
我唱、南無、南無、南無……。
我逸物、徐引、徐突、徐引、徐突。蜜纏付、熱融合感、一体調和、潤滑摩擦。潤滑甘美、摩擦快楽。陶然感覚波及。我深々突入、根元締付、超膨張充実。我襞山摩擦、π鷲掴、道奥深突突。
貴方口開喘乍賞賛我陰茎規模及突進勢、大、躍進……。
我腰振乍応答、謝謝、謝謝……。
貴方顔火照白胸紅潮、餡餡激喘、蜜多溢出。律動伴濡音繰返立、淫響耳聞。我興奮高進、早快出間近。我不意一瞬想像、今現在、世界何処、飢死野良子猫有。
貴方顔歪叫、伊伊、伊伊……。
我更腰強振乍息荒喘、勢、勢……。
貴方絶叫、伊伊、伊伊……。
我息荒喘、勢、勢……。
激律動相互肌衝突音発、丹、丹、丹、丹……。
三音忙響合、伊伊、丹、勢、丹、勢、丹、伊伊、丹、勢、丹、勢、丹……。
我演奏者兼楽器、一心不乱道突突、潤滑摩擦。

貴方楽器兼来聴者、充満甘美快楽悶乍、不意耳澄淫音響。
我等一体合奏加速、伊伊、勢、丹丹、伊伊、勢、丹丹……。
我光速勢腰振道突突、予感波動砲。貴方白眼剝絶頂間近、予感行彼方。
三重奏融合絶妙唱、伊、勢、丹……伊、勢、丹……伊、勢、丹……。

伊勢丹。

我死了。

貴方到達」

若い力

「こんにちは、わたくし学生国際協力NGO、ダイナマイトクンニリングスの本宮と申します。ご多用のところ失礼いたします。ただいま少々お時間いただいてもよろしいでしょうか?」

机に置いたラップトップの画面に目をやりながら、携帯を頬にあてた本宮響子は慇懃な口調で淀みなく話し始めた。

「私どもはカンボジア支援を行っている学生ボランティア団体でして、その活動の一環として年に二回、チャリティイベントを開催して収益金を全額寄付しております。このたびはそのイベントに協賛をお願いしたくお電話を差し上げました」

本宮は横目に睨んでさっと携帯を離すと、口をへの字にして小さく首を振り振り、伊藤晴文と真中可奈美を順に見やった。

「ガチャ切り?」と向かいから伊藤が訊ねた。

本宮はこくりと頷いた。「どのようなご用件でしょうか? で説明したら即、興味がありません、ガチャって」

「厳しいね……」と隣の真中は溜息交じりに呟き、紙コップの生ぬるい麦茶を口にした。

本宮はラップトップの画面に表示されたトークスクリプトを企業名の羅列された表に切り換え、その最下部の端に「×」を打ち込んだ。「今のところ全滅……」

「まあ、まだ初日だから」と伊藤が元気づけるように言った。「それに一社、担当者が不在で月曜に連絡くれるっていうのがあったよね？」

「ああ、あった」と本宮は言った。「忘れてた」

「金曜っていうのがどうなのかな……何かちょっと調べたら、金曜は週の最後の日だから疲れが溜まっててダメっていう説と、夜に飲みに行ったりするから、気持ちが浮き立ってて話を聞いてもらえやすいっていう説があって」

「あんまり曜日とかは関係ないんじゃない？　こういうのって聞いてくれる所は聞いてくれるし、そうじゃない所はそうだろうし」

「かける所が見つからなくなってきた……」と本宮はキーボードを叩きながらぼやいた。「さっき全然名前も知らない会社にかけたら、規模が小さいからそういうのは受け付けておりませんって言われたしさ、やっぱりある程度大きくないと見込みないよね」

真中がぽんと隣の肩を叩いた。「そろそろ代わろうか？」

「あ、やりたい？」と本宮は横目に微笑んだ。

「いや、正直やりたくはないんだけど」と真中は笑った。「でもやる」

「ありがとう」と本宮はラップトップと携帯を隣に移動させた。自分の椅子もそちらへ少し寄せて、斜めから一緒に画面を覗き込んだ。「こういうさ、広報の電話番号が載ってるところはいいんだけど、それがないと多分総務？　とかに繋がってそこから広報に繋いでもらわないといけないから、二重になってさらに緊張するんだよね。広報部に直接かけろとか言われて、サイトのどこ探しても載ってなかったり」

「お茶、お代わりいる？」と伊藤が腰を上げた。

「ああ、よろしく」と本宮は顔を上げて答え、ちょっと意地悪そうな微笑みを浮かべながら、目を細めて睨みつけた。「本当に役に立たないよね」

「いやだって俺、滑舌が悪いからさ。その分、企画書ほとんど一人で作ったじゃん」

伊藤は笑って言い返すと、三つの紙コップを集めて間仕切りの外へ出ていった。

「あ、ここいいかも」と検索していた真中は呟き、整った濃いめの眉をしゃっきりとさせた。「いってみる」

「頑張って」

真中は企業のウェブサイトの問い合わせページと手元を交互に見ながら、番号を押して携帯を頰にあて、ラップトップの画面をトークスクリプトに切り換えた。

「こんにちは、わたくし学生国際協力ＮＧＯ、ダイナマイトクンニリングスの真中と申します。ご多用のところ失礼いたします。ただいま少々お時間いただいてもよろしいでしょうか？」

真中はちらと横目に本宮と見交わした。

「ありがとうございます。私どもはカンボジア支援を行っている学生ボランティア団体でして、その活動の一環として年に二回、チャリティイベントを開催して収益金を全額寄付しております。このたびはそのイベントに協賛をお願いしたくお電話を差し上げました。こういった協賛にご協力なさったことはおありでしょうか？」

本宮はふわと眠たげに欠伸が出て、口に手をあてて面映ゆげに嚙み殺しながら、通話中の真中にぺこりと頭を下げた。

「はい、このたびのチャリティイベントは集客面を鑑みまして、若者向けのクラブイベントを企画しております。その中で開演前にスクリーンに広告映像を流すこと、フライヤーの裏面を丸々協賛企業様方の広告にあてさせていただくこと、協賛企業様方のパンフレットや無料サンプルなどの配布、その他、学生を対象としたアンケートへのご協力、インターネットを通じた商品情報の拡散などをお約束できます」

真中は顔を曇らせた。「そうですか……お忙しいところ失礼いたしました」

「ダメ？」

「うん、そういうのはお断りしておりますって」と通話を切った携帯を握ったまま真中は頷いた。「こちらにどんなメリットがあるんですかって訊いてきて、何かイライラしてる感じの人だった」

「世知辛いね……」と本宮はしみじみとした口ぶりで言ってから、にやりと唇の端に笑みを浮かべた。「世知辛いって言葉の意味、よく分からないまま使ってみたけど」

「ああ私も、いまいち分からない」

真中はキーボードを叩いて「世知辛い」で検索した。

「微妙にふさわしくないかもね、今の状況で使ったのは」

「何かこの意味の説明みても、いまいちしっくり来なくない？」

肩を寄せ合ってラップトップの画面を覗き込む二人の、向かいに設けられた間仕切りの隙間から、伊藤が両手で器用に三つの紙コップを持って、そろそろと戻ってきた。

「今さ、このお茶入れながら代表にちょっと経過報告したんだけど」と伊藤は話しかけながら、温かい麦茶の入った紙コップを慎重に机に置いた。「来週の街頭募金、三チームに分けるかもしれないって」

「何で？」

「いや、今のところなんだけど奇跡の全員参加予定で、そうなると一カ所じゃ人数多すぎじゃん?」

「全員って本当に実現したら初めてじゃない?」と本宮は目を大きくして、温かい麦茶を手に取った。「一日での最高記録超えるかも」

伊藤は頷いて腕時計を見た。「今三時半だから、あと一時間弱だね」

「えっ、ここってフリータイムじゃなかった?」

「いや、今日五時から貸しきりだって言ってたじゃん、受付の人が。だからその三十分前まで」

「ああ、そう言えば言ってたっけ……」

「じゃあ、やらないと」と検索していた真中は気合いの入った声で言って、温かい麦茶をちょっと飲んだ。「次はここいってみる」

「頑張って」と発破をかけて本宮も温かい麦茶を飲んだ。

真中は企業のウェブサイトの問い合わせページと手元を交互に見ながら、番号を押して携帯を頰にあて、ラップトップの画面をトークスクリプトに切り換えた。

「こんにちは、わたくし学生国際協力NGO、ダイナマイトクンニリングスの真中と申します。ご多用のところ失礼いたします。ただいま少々お時間いただいてもよろしいでしょうか?」

真中は携帯とは反対側の、頰を覆うほどの長さの髪を耳にかけた。

「ありがとうございます。私どもはカンボジア支援を行っている学生ボランティア団体でして、その活動の一環として年に二回、チャリティイベントを開催して収益金を全額寄付しております。このたびはそのイベントに協賛をお願いしたくお電話を差し上げました。こういった協賛にご協力なさったことはおありでしょうか？」

伊藤もおもむろに温かい麦茶を啜り、通話する真中をじっと見守った。

「はい、それでは私どもの団体について簡単に説明させていただきます。私どもはチャリティイベントや街頭募金で寄付を募り、カンボジアの貧困地域に設立した小学校の運営費や整備費、増設費を負担することを主な活動としております。また原則として全メンバーが実際に長期休暇を利用して現地に自費で渡航し、スタディツアーとして現状を見学しつつ、文具や遊具を寄贈したり、子供たちの衛生観念を高める教育的指導を行ったりします。さらにはその渡航の成果を写真展や中高生に対する出張授業という形で国内において啓蒙する活動も行っております」

いったん話を切り、通話相手の声に耳を傾けながら、はい、はい、と熱心に相槌を打つ真中の顔に微笑みが広がった。

「そうですか、どうもありがとうございます！　それではまず企画書をお送りいたしますので、ご担当者様のお名前とメールアドレスを教えていただいてもよろしいでしょうか？　はい、イナモリ様……アイエヌエーエムオーアールアイにアットマークで、その後は御社のお名前をアルファベットで、ドットシーオードットジェイピーですね……はい、はい、かしこまりました。どうぞよろしくお願いいたします。はい、失礼いたします……」

真中はぱっと目を輝かせて伊藤と本宮を見た。

「あっさりだったね」と本宮は眉を上げて言った。

「うん、実は当社としても社会貢献をつねづね課題としておりまして、こうしたご依頼は前向きに検討させていただきたいって」

「じゃあさっそく、企画書送らないと」と伊藤は机を手先でかるく叩いた。

真中はラップトップを持って机の反対側に回り、伊藤の隣に座った。「これが送付先のアドレスね」

伊藤は頷き、温かい麦茶を一口飲んでから、慣れた手つきでラップトップを操作し始めた。「化粧品、美容品、健康食品、お菓子とかの会社か……ああ、ここの作ってるアイス、かなり前だけど食べたことある」

「どうやって見つけたの？」

「この喉飴、商品名で検索して」と真中は上着のポケットから小分け包装の喉飴をひとつ取り出してみせた。「そうしたら、社会と環境への取り組みとか企業理念とかの項目があって、いけそうかもって。ぱっと見、お客様相談口の番号しかなかったんだけど、サイト内検索で広報部って調べたら、プレスリリースに番号が載ってて」

「じゃあメールに、お電話を差し上げた渉外部の一人が貴社の喉飴を愛用しておりますって一筆添えておいたら」と本宮は言った。「ちょっとは好感が増すかも」

「あざとくない？　たまたま買っただけで愛用してないから、嘘はよくないし」

伊藤は聞き流しながら、あらかじめ書いておいた文章に手を加え、それをメールの新規作成の本文枠内の、宛名を打ち込んだ下に貼りつけた。


お世話になります。

はじめまして、学生国際協力ＮＧＯダイナマイトクンニリングス渉外部長の伊藤晴文と申します。

先ほどはお電話にてどうもありがとうございました。

お電話を差し上げたのは部員の真中可奈美と申す者ですが、私が外部との統括交渉責任者であるため、代わってメールを差し上げる次第です。

お電話でもお話しさせていただきましたが、私どもはこのたび収益金の寄付を目的としたチャリティイベントを企画しており、是非とも貴社にご協賛を賜りたくお願い申し上げます。

つきましてはイベントの企画書を送付いたしますので、ご多用のところ恐れ入りますが、お目通しいただけましたら幸甚に存じます。

温かいご支援をどうぞよろしくお願い申し上げます。

伊藤は作成済みの企画書を添付して、何度も視線を往復させてよくよく文面を読み返してから、よしと力強く頷いて送信した。

電脳空間をメールが飛んでいく効果音がした。

専門性

喉の奥で押し殺したような呻き声がして、ポチャンと水音が立った。

ひっそりと静寂の息づく廊下にその音が漏れ響き、玄関の靴箱の上に鎮座する水を湛えたガラス鉢の中で、小さな金魚がぴくんと反応した。

がさごそという音、少量の水が滴り落ちる音などがドア越しに聞こえ、ややあっておもむろな機械動作音がしたかと思うと、鋭い放水がシャーッと騒ぎ立ち、人工の風が唸り、水流が勢いよく渦を巻いて、ごくんと一息に呑み込まれた。

ほどなくドアの開閉の音が控えめに響き、左手に裏返した透明の使い捨て手袋を提げ、右手に白い陶器製のサラダボウルを持った山村大輔が居間に姿を現した。

窓越しに薄明るい外を眺めながらマグカップに口を寄せていた妻の恵子が目を向け、顎に下げていたマスクを上げると、足早に近づいて使い捨て手袋を受け取り、そのまま台所に入っていった。

下着姿の山村はサラダボウルを慎重に食卓に下ろすと、少し離れたテレビの前のソファに歩み寄りながら、メタルフレームの眼鏡越しに台所をちらと見やった。

恵子はマグカップを流しに置き、換気扇を回すと、使い捨て手袋をポリ袋に入れて口をきつく結び、ペダル式のゴミ箱の蓋をスリッパで踏み開けて放り込んだ。

山村はソファに積み重なった衣類の、まず靴下を手に取って履き、次いでシャツ、ズボンと順々に身につけていった。

ベルトを締めて食卓に戻る夫を見て、恵子は蓋付きの大きな紙コップを手に台所から出てくると、それを白く輝くサラダボウルのそばに置いた。パジャマの上から羽織った丈の長いカーディガンの袖先がその手の甲を覆っていた。

「冷めちゃったから、少しお鍋で温めた方がいい？」

山村は社会の窓を閉めて首を振った。「冷めても美味いよ」

マスク姿の恵子は目で微笑んで頷くと、睫毛を伏せてサラダボウルをちらと覗き込んだ。

「体調はよさそうね」

「ああ、いつも栄養に気を遣ってくれるおかげかな」

山村は妻と横目に視線を通わせながら、椅子を引いて腰を下ろした。恵子は少し照れ臭そうにまた目で微笑んで、夫の肩にそっと撫でるように触れると、向かいに回って腰を下ろした。

窓から薄曇りの朝の光が儚げに差し込んで、恵子のマスクをつけた素顔、ほっそりとした首や指、第一ボタンを開けたパジャマから覗く鎖骨のくぼみを生白く照らしていた。

「大輝はぐっすり?」と山村は快さそうに訊ねた。

「うん、夜泣きもあんまりしないし、よく寝てくれるし……本当に手がかからない子で助かる」と恵子は後ろで結わえた髪に触りながら寝室の方を見やり、マスクの上部を押さえ、下部をしっかりと顎に引っかけた。「たぶんあの子、オムツを卒業するのも早い気がする」

夫はふっと微笑んで頷くと、食卓中央の容器からウェットティッシュを数枚引き抜いて左側に重ね置き、いそいそと両手を揉み合わせながら、ちろりと舌先を出して唇の合わせ目を舐めなぞった。

それからおもむろに、サラダボウルに横たわる黄褐色の、濡れたバナナ状のなめらかな固形物を左手で慎重につかみ上げ、立ちのぼる香りを吸い込んでうっとりと目を細めながら、口で迎えにいくようにして、ぬちゃりと噛み取った。つかんだままのそれをそっと下ろすと、噛み切られた部分から色が溶け出して広がり、鉢底に溜まった水を淡く濁らせた。

山村は目をつむって頭をゆらゆらと振り、とろけそうに頬を緩めながら、粘りつくような音を漏らして十度ほど噛み、ごくりと喉を波打たせた。目を開けるなり小さく舌鼓を打ち、口の端に付着した汚れを舐め取るうちに、いきなりウッと嘔吐《えず》きかけるも、にんまりと唇に笑みを広げながら、孕んだ吐き気ごと飲み下した。

マスク姿の恵子は頬杖をつき、微かに眉をひそめながらも、優しげな眼差しで真向かいから見守っていた。

山村は右手で大きな紙コップを引き寄せ、プラ製の蓋を外した。なみなみと黄金色の液体が入っていた。いそいそと手招きするようにその香りを鼻先に扇ぎ寄せ、芳しそうに胸いっぱいに吸い込んでから、持ち上げてちょっと啜り、これだこれとばかりに小刻みに頷くと、そのままごくごくと飲んだ。

恵子はマスクの上の目を逸らした。目元から額が隠しようもなく紅潮していた。

山村は右手の紙コップを置き、左手のつかむ位置をずらすと、その軟らかくも崩れない食べかけを持ち上げ、また口で迎えにいって、食らいつくように大きく噛み取った。もぐもぐと美味そうに頬張りながら、顎を力強く動かして噛むうちに、目の芯に強い光が宿り、それが爛々と興奮したような輝きを放ち始めた。

やがて紙コップを口に運んでごくごく流し込み、たっぷり含んだまゆすぐようにしてから、またごくりと飲み下した。さらにもう一度、ごくごくと飲んだ。唇を離すなり息を吐き、満足げに相好を崩すと、汚れた口まわりをべろりと舐め回した。

「今日のは色も味も満点だな」と夫は黄褐色の跡のついた紙コップの飲み口を指先で叩き、眉を上げて妻を見つめた。「マルチビタミンのサプリメントが利いてる」

「昨日、寝る前に栄養ドリンクも飲んだから」と恵子は照れ臭そうに顔をそむけ、真っ赤になった耳をみせながら、両手を食卓について腰を上げた。そのまま窓際に歩み寄り、半ば背を向けて外を眺めていた。

「ああ、そうだ」と山村はふと真顔になって口を開いた。「昨日言いそびれたんだけど例のインドに行く件、本決まりになったから」

恵子は振り返った。「そう……帰ってくる頃には大輝は三歳になるね……」

「まあ一時帰国もあるし……誰かが行かなきゃいけないんだ」

恵子は黙って微笑みながら、また窓の外を眺めた。

山村はひとつ深呼吸をすると、またサラダボウルの上にうつむき、左手につかんだ黄褐色の残りを巧みな指遣いで押し出しては咥え込んでいった。手のひらを押しつけて最後まで詰め込むと、食べ応えありげに頬張った口まわりを躍動的に動かしながら、しきりに味わうように頷いた。嚙み続けるうちに一度、二度と飲み込み、ぺろりと唇をひと舐めすると、口の中で舌を蠢かせて残り滓もまた飲み込んだ。それから黄褐色の粘着した左手の、五指を順々にしゃぶり、手のひらからも、舌の面でべろりべろりと舐め取った。

恵子は半ば背を向けたまま、切なげな佇まいで窓の外を眺めていた。

山村は黄金色の液体も顎を上向けてすっかり飲み干すと、ふうと大きく息を吐き、何枚ものウェットティッシュで左手を指の間までくまなく拭ってから、それを空の紙コップに入れて蓋をした。さらにサラダボウルを両手で持ち上げ、そこに溜まった濁り水も残さず口に流し込んだ。

朝の静けさの中、喉がごくんと締めの嚥下音を放つと、山村は唇を弾くように息を吐き、充実した面持ちで腹をさすりながら、ひとつゲップをした。それから席を立ち、サラダボウルと紙コップを台所に運んでいき、その足で洗面所の方へ向かった。

恵子はそれを見送るなり、カーディガンのポケットからスプレー缶を取り出すと、食卓の上に甘い芳香を噴霧しまくり、手近の窓の半分を網戸にした。立て続けに奥の出窓とガラス戸の片方も網戸にすると、すぐに爽やかな風が通り始めた。台所では依然として換気扇も回っていた。

洗面所では歯を磨く音が響き、妻は流しで洗い物に取りかかった。マグカップをスポンジで洗った後、白いサラダボウルは洗剤を泡立てた水で渦を巻き、持ち手のついたブラシでこすった。壁を隔てた二つの水回りで束の間、大小のブラシの音が響き合った。

やがて山村は廊下を歩き、ひっそりと扉を開けて薄暗い母子の寝室を覗き込んで、またひっそりと閉じた。それから反対側のトイレに近づき、そのドアノブに手をかけた。

「座っててよ」と妻がめざとく台所から顔を出した。

夫は無言で中に入った。

閉ざされた薄暗い部屋の中では、ベビーベッドの上で赤ん坊がすやすやと寝息を立てていた。まん丸とした頭はまだ薄い猫っ毛が生えているだけで、切れ長の一重を閉じた穏やかな寝顔の、肌は瑞々しく艶やかだった。

黄味がかった小水を噴射しきり、水洗のせせらぎの余韻を背にトイレを出て、ドアを静かに閉めた山村は社会の窓も閉めながら、玄関へと歩いていった。それを見て恵子は通勤鞄と上着を抱え、慌てて後を追った。

「今日は普通に晩ご飯には帰るんでしょう？」と妻は上着を手渡した。

「うん」と頷いて夫は上着に袖を通すと、靴べらを使って靴を履いた。

「何か食べたいものはある？」と妻は通勤鞄を手渡した。

山村は思案げに黙り込んだかと思うと、ちろりと上唇を舐めた。

「たまには真っ赤なチゲとかがいいな、唐辛子たっぷりの……」

そうと恵子は頷き、上がり框を境に夫婦は向かい合った。

「じゃあ、行ってくる」

恵子は目で微笑んで頷き、頰に垂れた髪を耳にかけると、ポケットから取り出した小さな噴霧器を自分の口もとにひと吹きした。

「いってらっしゃい」

夫の腕にそっと手を添えた妻の、スリッパから踵が上がり、ゆっくりと二人の顔が近づいていった。

エタノールの清潔な匂いのするマスクと仄かに便臭のする唇が触れた。

少しだけ見つめ合ってから、夫はくるりと背を向け、玄関扉を開けて出かけていった。


マンションを出た山村大輔は少しばかり歩き、砂利敷きの駐車場に入った。両側にずらりと車が並び、奥は鬱蒼と草木の生い茂る斜面になっていた。

入ってすぐ、右側に停められた車と車の間の、後部座席寄りに白髪の後頭部が突き出ているのが見えた。ゴム底の革靴で砂利を踏んでいくうちに、日に焼けた顔が振り向いた。

「あ、鶴見さん、おはようございます」と山村は会釈して声をかけた。「どうかしました?」

「ああ、山村さんか、おはよう」と老翁の鶴見は目礼を返すと、不機嫌そうに口もとを歪めながら、ちょいちょいと手招きした。「ちょっとこれ見てよ」

　山村がすたすたと近寄っていくと、鶴見は眉をひそめて呆れたような溜息をつき、節くれだった手で足もとを指した。そこには表面がひび割れた全長二〇センチほどの焦げ茶の極太便が生々しく横たわり、おまけにころっとした小さな塊が二つと、少し離れた染み込みの広がりの中に黄土色の流動物が残されていた。後輪タイヤや車止めの角石、その奥のフェンス際には微風に飛ばされた格好の、糞の付着したティッシュペーパーが大量に散乱していた。

「あらら、誰がやったんですかね。チョコレートのお菓子みたいだ」

「まったく参った。これは自治会長としては看過できない立派な軽犯罪だよ、住人専用の敷地に勝手に入りやがって……」

「見たところ便秘中にさらに下痢に襲われたような感じですね、ＩＢＳかな……」

「アイビーエス？」

「ええ、過敏性腸症候群って言って、すぐ下痢になったり、便秘と下痢を行ったり来たりしちゃうらしいんです。ちょうどそれで両方が」

「なるほどね……やったのは女性だろうけど」

「見たんですか？」

「いや、私が駐車場に入ったらこれがその辺りに落ちてて」と鶴見は太腿の向こうに半ば隠れていた左手を掲げ、くしゃくしゃに丸め持っていた小花柄のストールを垂らしてみせながら、同時に右手で車の前方の地面を指し示した。「それで遠目に何だろうと思って近寄って拾い上げようとしたら、異臭がしてこの有様を発見したんだ。だから犯人の落とし物だと思う。見つかるんじゃないかって気が気じゃなくて慌てて逃げ出したんだろうね。まったく、とんでもない遺留品を遺してくれたもんだよ……」

鶴見はじっと睨み下ろすうちに、気分悪げに苦笑を浮かべた。

「そうですか……いや、でも正直、笑うに笑えないんですよね……」と山村はうなじをぽりぽり掻きながら口ごもり、鼻から小さく溜息を漏らすと、鶴見の目をまっすぐに見つめた。「実は僕、もう少ししたらインドに単身赴任で行くんですよ。現地の生産拠点に、衛生陶器の製造管理責任者として」

「そりゃ一大事だね。奥さんを置いて？　子供も生まれたんじゃなかった？」

「ええ、今一歳です。まあそれはそれとして、インドってやっぱり全然不衛生で、トイレ設備も整ってなくて、現状、まだ数億人が屋外で排泄してるって言われてるんです。それで環境が汚染されたり、都市部でも公共トイレに女性用の方が少なかったりとか……そういうことを思っちゃって」

「なるほど、大変な問題だね」と鶴見は難しそうに頷いた。「でも、そんな国のトイレ文化を向上させる一助となりに行く面もあるわけでしょう？」

「まあ、中国で上手くいってるみたいに富裕層向けの高級路線ですから、インドの大多数の人々にうちの製品が行き渡るってことは残念ながら、すぐにはないでしょうけどね。でも、そうですね、長い目で見て徐々にでも変えていくっていうか……そう言えば実際、上司にも言われたんですよ、お前ほど便器の気持ちが分かる人間はいない、技術だけじゃなくてその精神を伝えてこいって」

「まあ、頑張ってよ、この国のものづくりを世界にね！」と鶴見は笑って山村の二の腕を叩き、小花柄のストールを首に巻きながら、糞を置き去りに反対側の車列へと歩き出した。「私は気ままな隠退者だから、これからめちゃくちゃ美味い蕎麦食べに山奥に行ってくるから」

「へえ、いいですねえ」と山村は遠ざかる白髪頭に声をかけた。

鶴見は背を向けたまま片手を挙げると、入口にほど近い小型車に乗り込み、まもなくガラス越しに会釈して発進していった。

それが走り去るなり、山村はさっとその場にしゃがみ込み、傍らに鞄を置くと、人差し指でとんとんと焦げ茶の、硬めの極太便を触診した。かるく転がしてみながら、もう片方の手を伸ばしてタイヤ近くの糞付きティッシュをつまみ取り、鼻に近づけてくんくんと香りを嗅いだ。

「この色と質感、濃厚で主張の強い香り……間違いなく肉食系だな……」

山村はぼそぼそと独りごち、薄汚れた人差し指をほろ苦そうにしゃぶりながら小刻みに頷くと、迅速に鞄の外ポケットをまさぐり、透明の密封袋をひとつ取り出した。そのジップを全開にして、ずっしりした極太の一本糞を慎重につかみ入れると、添え物の二つの塊も黄土色のソースに絡めてから、手早く放り込んだ。

「昼飯が楽しみだ……」

また汚れた指や手のひらを舐めまくり、十分に清めた後も、さらに舌なめずりが続いた。山村はジップを閉めて腰を上げかけたが、不意に溢れ出したよだれを手の甲で拭うと、ごくりと生唾を飲み込み、急いで袋を開けてころっとした塊をひとつ、口の中の味わいのストライクゾーンにひょいと放り込んだ。

観光

鈴木敦也は立ち止まって辺りを見渡した。

目の前には白い縞模様の刺青を施されたスクランブル交差点が広々と横たわり、そこを中心に放射状に通りが伸びて、歩行者用信号が青に変わるのを待つ黒山の人だかりが歩道際に陣取っていた。店名や企業名を氾濫させる看板を掲げたビル群が向こうに所狭しと建て込み、そのうちの幾つかは屋外画面から広告宣伝映像を騒々しく垂れ流している。空は快晴だった。左手には待ち合わせの若者たちが群がり、右手に見える駅前交番の前では制服姿の警官が二人、道を訊ねる老人に応対している。背後には地下通路に至る屋根付き階段の裏側の、地図と時計をそなえた金属の壁が切り立っていた。遠近のそれらに取り巻かれた駅前広場の雑踏にぽっかり空いた台風の目に、鈴木は物珍しげに視線を泳がせながら、ぽつねんと佇んでいた。

「オニイサン、ドコイクノ？」

斜め後ろから背の高い黒人男が一人、いかにも片言発音の日本語で話しかけてきた。

ぎょろ目がちな笑顔をぎこちなく浮かべ、スウェットにダウンベストに腰穿きした濃紺のデニム、足下は真っ白のスニーカー。振り向いた鈴木は背負ったバックパックの肩ベルトをつかみ、目の奥に微かに警戒の色を光らせると、黙ったまま怪訝そうに微笑み返した。

「これから何するつもり？」と黒人男は今度は英語で訊ねた。

「観光」と鈴木も英語で答えた。

「中国人か？」

「いや、日本人だよ……純然たる」

鈴木はちらりと黒人男の後方を眺めやった。奥に見える犬の銅像の近くで中国人風の一群が写真を撮っていた。

「それなのに観光？」

「北海道から来たんだ。北海道は知ってる？」

「ああ、もちろん、ずっと北にある」と黒人男はあさっての方角を指さした。「ところで、英語が上手いな」

「どうも。前にオーストラリアにワーキングホリデーで滞在してたから、少しは話せる」

黒人男は小刻みに頷きながら、ちらりと鈴木の後方を眺めやった。「観光ってどこに行くんだ？　案内してやろうか？」

「いや、いい」と鈴木は首を振った。「ラーメンか寿司を食べに行くよ。小腹が空いてる」

「ラーメン、寿司……まるで外国人旅行者みたいだな」

「日本人だって好きさ、だからそういう店が沢山ある」

「だな……でも、もっと美味い物を食いたくないか？」

「もっと美味い物？」

「ああ、つまり、こういうことさ」

　黒人男はいたずらっぽく微笑むと、濃紺のデニムの前ポケットの、コインポケットにほっそりと長い人差し指を突っ込み、親指も添えてもぞもぞとまさぐって、小さく折りたたまれたビニール袋をつまみ出して見せた。巻物のように折りたたまれたそれを広げると、密閉ジップの透明の小袋の中には乾燥した微塵の葉っぱが入っていた。

「正気か？」と鈴木は呆れたような笑みを浮かべながら、肩越しに後ろを親指で示した。「あんな近くに交番があるのに……」

「これは合法だよ、俺は不法入国だけど」と黒人男は白い歯を覗かせて喉で笑った。

　鈴木は唇に微笑を留めたまま、冷ややかな目つきで小袋の中の葉っぱを見やり、それを指さした。

「これは乾燥パセリ？　バジリコ？　オレガノ？　タイム？　それともスパイスミックスみたいなもの？」

黒人男はゆっくりと首を振り、不意に横の方を眺めやった。歩行者用信号が青に変わり、ばらばらに崩れた群衆が入り乱れて縦横に渡り始めていた。「もっと、ずーっと、遥かに美味い物さ……」

「じゃあこれを食うと、それかパイプで吸うのか知らないけど、どうなる？」

黒人男はにやりとして、鈴木の肩に小袋をつまんだままの手をそっと添えると、隣に並んでスクランブル交差点の方を見渡しながら、おもむろに漆黒の顔を近づけ、耳もとに分厚い唇を寄せた。「警官がやってくる」

鈴木は笑った。

「いや、これは冗談じゃない冗談だ。そして事実じゃない事実だ。一度これを食ってそれが血の流れに乗れば、それは飽くなき巡回と化して、お前がどこにいようと警官がやってくる。もちろん目に見えない。気配もしない。令状もない。それはお前のあらゆる知覚の死角から突然現れて、銃を突きつけ、それをぶっ放す。その銃声は言う。「お前の頭が三六〇度ひらける。風景が知覚に雪崩れ込んでくる。すべてが見えてすべてが盲点になる。影も形もない遍在の器官へ透けていく。聴覚を雑多な足音が連れ去り、息遣いが騒音に紛れて行方をくらます。嗅覚がビル風に溶け込み、人いきれや排気ガスと親和する。景観の肌合いが染み渡り、日差しが路面の性感を目覚めさせ、街並みが甘い広告に蝕まれた触手を伸ばす。デジタルサイネージが勃起する。お前はそれに突き動かされて、熱っぽい火葬の波動のように、ざわつく雑踏の海をあまねく彷徨う。あちこちの巨大看板に笑顔で凍結された有名人の表面的な複製、寝ているだけで絵になる道端のホームレス、雑居ビルの七階の窓に引かれたビロードの遮光カーテン、毛繕いのような会話を交わす歩くのが遅すぎる横並びの女たち……だがその話題は取り留めがなく、雲の乳房をつかむようで、脈絡の感触もないままうやむやに掻き消えていく。より雄弁なのは身なりや仕草、肉感と匂い、光と風物の織りなす匿名の特徴のようなもの。巨大な昆虫標本のようなリュックを背負う頼りなげな双肩、首を吊られたクマの縫いぐるみのキーホルダーの解脱しきった表情、うなじにフードを垂れ下げた衣服の有袋類、カシミア混コートの柔らかな鳥肌のような毛羽立ち、安っぽいエナメル鞄の持ち手に結ばれた謎めいた幾何学模様のスカーフ、合成皮革のジャケットのひび割れに覗く暗い淵、拡大した単語カードのような紙製の買い物袋、枝垂れる長髪を梳く手つきと淡い残り香の一時性、顔の下着のようなマスク、両手をポケットに突っ込んで青信号を待つ所在なげな両脚の交差、黒タイツの伸縮に薄ら透ける肌の深海、歩道沿いの熱線吸収ガラスに映り込む眠れないまま迎えた明け方のような瞳……反転された錯覚の奥行きに吸い込まれかけていたその眼差しが振り返ると、切り取られた鏡像の背景から解放された向かいのショッピングビルが空を衝かんばかりに三叉路の股ぐらにそそり立ち、娼婦のような笑顔が平面に磔《はりつけ》にされた市中引き回しのアドトラックがその根元を騒がしく横切り、人波のモザイクが通りを行き交って互いを微弱に刺激し合いながら張り巡らされた街の回路を流れて興奮性を高めていく。その不特定多数の混沌とした人声と足音、車道の交通の唸り、ベビーカーやスーツケースや荷を積み卸す台車の車輪のがたつき、視覚障害者向けの鳥の鳴き声を模した横断歩道の誘導音、録音や肉声やマイク越しの集客の呼びかけ、店頭デジタルサイネージの販促音声、外に漏れ出す店内音楽、その他あらゆる錯雑したざわめきが路上に沸き立ち隠微な刺激をも増幅させ、閾値を超えて街頭の衝動を発火させ、興奮が刺々しく波打って伝播していく。それはそびえ立つビルを急峻に飛び越えては通りに衝撃を打ち、縦横に同期して雑踏を駆り立てる。その尖鋭な波は言う。「数多の足取りがささくれ立ち急き始める。誰もが刺し違える目つきですれ違う。流動する間隙を相互に切り抜けながら余所余所しく衝突した肩越しに舌打ちが弾ける。行く手を遮り合って敵対の社交ダンスが始まる。めかし込んだ女同士がピンヒールで脛を削り合う。爪楊枝を咥えて飲食店から出てきたビジネスマンが突然、待ち合わせ場所に佇む十代にタックルをお見舞いする。ハンズフリーで通話中の間抜けが手首をつかまれ腕を捻られて悶絶する。バックポケットから長財布を盗み取り火をつけて交番に投げつける競技が流行する。街角の怒声と殴り合いがごく自然になり、それをフィールドレコーディングした音源が出回り始める。成熟した女たちが急に乳房をさらけ出して信号待ちのフロントガラスに母乳を浴びせかける。現場作業員たちが不意に霊感に駆り立てられて駅前の再開発が奇形化する。走行中のタクシーから運転手が飛び降りて正真正銘の空車を出現させ、職務放棄とハプニングアートを両立させる。機械化の進んだ回転寿司で鉄パイプのような太巻きを振り回す職人たちの打ち壊しが起こり、驚いた外国人旅行者たちの語り草となる。マネキンたちが値札付きの売り物から脱皮して誘惑の微笑を湛え、ショーウィンドウ越しに無償の春をひさぐ。乗り上げたトラックの警笛が悩ましく鳴り響き、エアバッグにうつ伏せた運転手の事後の睦言がぼそぼそと血を泡立たせる外で、轢き潰された破片まみれの真っ白な硬い裸身が痙攣しながら絶頂に達している。空耳の中で救急車のサイレンが鳴り続けている。くすんだ街路樹がはてしなく枝分かれした幻肢を伸ばしながら自分で自分のあみだくじを辿り不穏な空模様が描かれていく。雨もよいに滲んだその陰翳からぽつぽつとしずくが滴り落ち、湿った染み模様の音符がみるまに増殖するアスファルトの楽譜の上、点滅するＬＥＤ人間に急かされるパンプスに締め付けられた足指の悶えが靴音の影に谺する。張り裂けそうなスカートに覆われた肉感に満ちた尻が躍り路地先の玄関口に小走りに駆け込んでしばらくすると、外から見える上昇するエレベーターの子宮にその姿が宿り、高層ビルが妊娠する。暗雲垂れ込めた空の高みに雷鳴の産声が轟き夕立が降り、突出した建物は雨脚に煙り路面は艶やかに濡れて、透明と色とりどりに勢力を二分された傘の生け花が柄物もちらほら入り交じり咲き乱れる。路面に映り込む信号や前照灯の光はどれも潤んだように滲み、各所の銅像は物静かに涙を流しながら通行人を見守り、傘を畳んだ人々が吸い込まれていくガラス張りのファサードの上階に掲げられたポスターの白人モデルも端正な表情のまま泣き濡れて、その憂鬱の夢の中で粉々に砕けたガラスの幻像がきらきらと路上に降り注ぎ続ける。寒空の下で客を待つ駅頭の天津甘栗の売り子が静止した彫像の面影を見せる。その前を女の諦めた濡れ髪が通り過ぎ、フードを被った男が慌ただしく路肩を駆け抜けていく。雨宿りの二階のコーヒーショップや乗降客の絶えない駅直結の連絡橋の、水滴だらけの窓から見下ろせる交差点の人海の満ち干、通りに流れる往来、盆栽のような街路樹のあしらわれた駅前の雑踏……お前はその至る所に迷い込む。人々の頭上には雨音の響く傘がひしめき、足下には濡れそぼった舗装の照りに生々しく光と影が揺らめきながら、黄昏の薄闇が立ち込めていく。雑多な匿名音声がざわめいている。それは原始的な未開言語のお喋りに聞こえ、意味の蛆虫の群れが湧き蠢き、その飽和にあてられた理解の空白に街頭の文字列が飛び込んでくる。その解読は言う。「符号の街、崩れた文字焼き、促音を飛ばした長音特急……彼女はAを買う、煩悩より一つ多い数で……アコム湖アイフル、売人の短く小さな笑い声、接触の愛の街……クラス最高のカメラ、女医の音、潰瘍性大腸炎……獅子座の宮殿21と永遠に21、蔦売り、名士の集い入場券……塔の記録、激安の殿堂の騎士、単一の衣服……イタリアの公園、輪と縦棒、保存……子供のアナグラム、三菱東京この糞日本人銀行、ひらかれた保険の窓口……すべてが謎めいている。街頭防犯カメラ作動中の監視下、洋服の青山の前を和服姿が通り過ぎていく。まるで喧嘩を売っている。ドラッグ売りはTAXFREE。PERFECTSUITFACTORYは一万円以上購入の外国人にパスポート提示で消費税分の割引を実施。HとMにZARAにMUJI。ECCにJTB。街中にアルファベットが流通している。お前はABCマートで英語を学んだ。恋人はスジャータ。野村證券に命を狙われている。一部フロア改装中につき迷惑をかけながら営業中のショッピングビルの隣の、銀行の自動ドアの張り紙が金融機関特別警戒中。道端の自動販売機は飲みごろ温度で販売中、節電運転中。エスプレッソの余韻ある香り。コクを極めた贅沢な微糖。深煎り荒挽き雑味なし。癒やされる大人のカフェオレ。4種のミルクの贅沢ミルクティー。驚くほどに、深く、甘い。薄汚れたビルとビルの合間の裏路地に六時間につき二〇〇円のロッカー。しつこい勧誘やつきまといにあったらすぐに一一〇番。パンツまとめ買いセールが二本で九九〇円引き。客引きは犯罪。自転車放置禁止の公共看板が直ちに撤去とチェーン切断弁償せずを警告する。地下街出入口が危険ですので階段や屋根の上には絶対に登らないで下さいとお願いする。防火管理上の指摘がありこの場所に段ボール等、紙類を置かないで下さいとお願いする。撤去なき場合は処分。私有地が許可なく出店ビラ配布集会勧誘等の行為を固く禁止する。敷地内駐輪駐車禁止。雑居ビルがお客様に安心してご利用頂けるよう左記の行為を禁止する。執拗なつきまとい、立ち塞ぎ行為。無許可での販促活動、商業撮影。喫煙、落書き、居座り、飲食行為。その他迷惑行為、危険行為。景観美化を推進し住み良い街を作りましょう。街中の至る所で公園が建物が通りが路地が命令を発している。「はり紙」もしくは「はり札」をすることを禁止する。火気の使用は厳禁。ゴミの投げ捨ては厳禁。ゴミは各自持ち帰りましょう。喫煙所以外は禁煙。たばこは決められた場所で吸いましょう。自転車バイク乗入れ禁止。禁煙火気厳禁危険物品持込み厳禁。歩行喫煙ポイ捨て禁止。張り紙落書き禁止。だがお前にはそれらと広告、落書きやステッカーとの言い分の見分けがつかない。裏路地や高架下やシャッターに描かれた小汚い落書き、公共看板や交通標識の柱、手すりや配電箱、ピンカンのゴミ箱や吸い殻入れに貼りまくられた他愛のない反抗のステッカー……だがいつしか小雨さえも止み、辺りはとっぷり暮れた闇。広告看板の多くは夜光性、促すよりもただ躁的に発光に中毒している。煌々と光輝を放っている。その眩いばかりの電飾の人工銀河系の、中央の商店街を通って黒い奴がやってくる。絶え間なく行き交う人波の足下に重なり合う無数の影を伝って。交差点を渡る人々の衣服には薄闇が吸着している。色白の化粧は灰光りしている。夜の繁華に高ぶった瞳がぎらつき、白光が眩しすぎて文字や映像の伝達が揮発している。歩行撮影する外国人旅行者の手ぶれカメラの中で情景が眩暈を起こす。車の列が両眼を光らせて信号の許可を待ち、それぞれの車体になめらかに映り込む電飾の影を滑らせながら走り過ぎていく。あちこちの建物の窓越しに電球の恒星を多数備えた明るい屋内の小宇宙が見える。ガラス張りに電飾文字が反転して映り意味を脱いだ背中を艶めかせる。デジタルサイネージが騒音と光の唾を吐き散らす。夜気と雨上がりの匂いの中、雑踏が絶えず何かを言っている。水溜まりに囚われた色とりどりの光彩の取り合わせがフルーツの盛り合わせを思わせる。その鮮やかさに被さって浮き立つ人影……お前はずっと同じ場所に佇んでいたことに気付く。血詰めのソーセージのような身体で。闇の染み込んだ肌は静かに黒ずんでいる。周りには待ち合わせの人々がたむろしている。次々に落ち合って連れ立って歩き出す、人工の光に照り映える夜遊びの笑顔。お前も誰かと約束している気がする。ここにいる全員が去っても残る誰か。ふらつきながらくすんだ透明の仕切りに画された喫煙所を覗くと目も眩むような受動喫煙に燻される。赤く灯った円筒の先端と乳白色の囁きのようなたなびき。ふと右を向くと駅前交番が見え、その向こうに斬新な位牌のような高層ビルの上方が聳えている。交番備え付けの電光掲示板に光の文字の礫が流れ出す。「警視庁はテロに対する警戒を強化しています」と言う。

「皆さんの周りで「いつもと違うな」「何かおかしいな」と思ったらすぐに警察に通報してください」と言う。「ＳＴＯＰ　暴力」と言う。「警視庁は暴力行為や破壊行為に対する警戒を強化しています」と言う。「暴力行為などを見かけたら警察に通報してください！」と言う。「危険ドラッグを使用すると錯乱・幻覚・幻聴・おう吐・意識障害・けいれん・死亡…それでも使いますか？」と言う。「危険ドラッグ撲滅！」と言う。誰かとぶつかって何かが地面に落ちる音がする。それが足下に転がり、肩越しに一瞥した黒い奴が人込みに紛れていく。お前は黒光りする冷たいそれを拾う。一瞬の白夜を作り出す閃光。傍らで外国人旅行者が記念撮影のフラッシュを焚く。顔を上げると正面の交番前に立つ制服姿と目が合う。不審の波紋がその顔に生じる。警官が近づいてくる。また一瞬の白夜。斜め向こうの高架線路を列車が弾丸のように走り過ぎていく。停電のように真っ暗な頭の中。お前は右手の銃を構え、指に従って引き金を引く。その銃声は言う。「

絆

うっすらと湯気のたなびく紙コップのコーヒーを啜りながら、爽やかな外気の息づく展望露台に立ち、徳田正憲は見晴らしのいい高地の風景を眺めていた。

うららかな青空の下、向こうに靄がかった山々の緑が映え、手前には空色を映しながらもくすんだ濃淡を帯びた湖面がさざなみを湛えて横たわり、それを取り囲む湖畔の街並みの、対岸側はこまごまと建て込んで見える。遠くには白雪を頂く連峰もそびえていた。

「ちょっと寒いね……」と斜め後ろのテーブル席につく親子連れの母親が言った。父親と二人の子供はたこ焼きを食べている。

大柄の徳田は革ジャンのポケットに片手を突っ込み、熱の冷めゆくコーヒーを次第に頻繁に口に運んで飲み干すと、紙コップの飲み口を潰し折り、それをパコパコ開閉させながら湖に背を向け、近くの「紙くずなど」のゴミ箱に放り込んだ。

ガラス越しに屋内の様子を眺めながら売店の建物に沿って歩き、ちらりと反対側の駐車の群れの方を向いた時、傍らに「東京方面」という文字が見え、それが書かれたスケッチブックを持った白人青年と目が合った。

「コンニチハ」とすかさず青年は微笑んだ。

徳田は微妙に会釈して通り過ぎかけたが、ふと足を止め、くるりと振り返った。腹部はスケッチブックに隠れた開襟シャツの、上から二つほどボタンが外れたままで、素肌の胸元が露わにはだけていた。片方だけ桜色の凸起まで覗けた。

「寒くないの？」と徳田はそこを指さして英語で話しかけ、自分の両腕をさすって身震いの仕草をしてみせた。

「大丈夫」と青年は涼しい顔をして答え、それから胸元を見下ろした。「でもやっぱり寒い」

そそくさとボタンを留める青年を見て、徳田は蓄えた口髭の下でくすっと笑った。ほどなく二人はずらりと並ぶ車列を辿っていき、先導する徳田は一台のＳＵＶの助手席側に身を滑り込ませるなり、その窓を拳でこんこんと叩いた。

窓がゆっくりと下がり、藤原香住がちらと左のヘッドライト前に控える外人バックパッカーへ視線をやってから、きょとんとした顔で徳田を見つめた。

「ヒッチハイカー、乗せていいか？」

「えっ……」と藤原は肩越しに振り返った。後ろに座る小林由佳と二宮瑶子は目をぱちくりとさせた。

「後ろに三人で座ってくれ」と徳田は後部座席を顎で示してから、背後を親指で示した。「何か大塚に同じアメリカ人の友達が住んでて、そこからヒッチハイクで西の方に何日も旅してきた帰りらしい。目が合っちゃったんだ」

「いい？」と藤原はまた後ろを振り返り、そちらの二人は横目に見交わした。

「私はいいけど」

「私も別に、大丈夫」

こんこんとまた拳で助手席の窓が叩かれた。振り向いた藤原は頭上から見下ろしてくる緑味の混ざった淡褐色の瞳と目を合わせ、小さく会釈すると、すぐさま手荷物を持って少しドアを開けた。相手は一歩後ずさり、藤原は外に出た。

「ハジマシテ、ルーカスデス」

「あ、はじまして、藤原です」と頭を下げながら藤原は下唇を嚙み、はじめまして、と微かな声で言い直した。髪をかけた耳が真っ赤になっていた。

「彼女の名前はカスミ」と運転席側に回りながら徳田が英語で紹介した。

「それと、あれがユカ、あれがヨーコ」

「ハジマシテ」とちょっと車内を覗き込んで二人と目礼を交わすと、ルーカスは顔を上げて微笑んだ。「そんなに名前は覚えられない」

「名札でも付けるべきかな」と徳田も微笑んだ。

藤原は後部座席のドアを開け、二宮が真ん中に移って空けられた側にちょこんと座ると、睫毛の濃い目をぱっちりとさせて隣を見た。「意外と余裕あるね、ぎゅうぎゅうじゃなくて」

「うん、私たち華奢だから」と二宮は濃い紅を塗った唇で笑った。

「場所、こっちの方がいい？」

「私が代わろうか、どこでもいいから」と反対側から頭ひとつ高い小林が口を挟んだ。

「いいよこのままで。もしあれだったら途中で交代して」

「おい、ちょっと肌着を着るって言うから、目を塞いどけ」と運転席にどかっと乗り込んだ徳田が後ろを向き、助手席の外に立ったままのルーカスを親指で示した。「さっきそこの温泉に入って火照ったからシャツ一枚だけ着てて、ちょっと肌寒くなってきたんだと」

「ああ、ここってサービスエリアなのに温泉があるんだよね」と藤原が言った。

「えっ、そうなの？」と二宮が化粧で黒々と縁取られた目を大きくした。

「うん、さっき見てきた」と小林が合いの手を入れた。

「へえ、写真撮った？」

「うん、すごいみすぼらしかったよ、外から見て」と藤原は携帯端末を操作して見せた。「ほらこれ」

　徳田が目配せを送って頷くと、ルーカスは大きなバックパックを助手席に置き、その中をまさぐって肌着のTシャツを取り出した。半ば背を向けてそれを両膝で挟むと、開襟シャツのボタンを外していき、脱いで上半身をさらけ出した。

　二宮と藤原が楽しげに黄色い声を上げ、両手で顔を覆う仕草をした。小林はそれを横目に見てくすっと笑いながら、うつむきがちに左手を眉の高さにかざした。徳田がハンドルにもたれて覗き込むように眺めるうちに、ルーカスの苦笑を浮かべた顔が丸首の襟をくぐって出てきた。

　着込んだルーカスはバックパックから着脱可能な小型のデイパックを外すと、それを助手席に置き、後部に回ってリアハッチを開け、本体を荷室に入れて戻ってきた。

「あなたはお母さんっ子?」と徳田は助手席に乗り込んだルーカスに訊ねた。

「なぜ?」

「肌着を着た時、頭を腕より先にくぐらせた。この着方をする人はお母さんっ子っていう説がある。子供の頃に母親に着せられるのと同じ順番だから」

「どうかな……」とルーカスはシートベルトを着けた。「それより姉によく女装させられてたよ、小さな頃は女の子みたいだったから」

　徳田は隣の整った顔立ちを見やり、にやりと笑ってキーを回した。「そう言われてみると面影がある気がする」

　車はサービスエリアを出て高速道路に入り、ぐんぐん速度を上げていった。後ろの三人は聞き耳を立てるようにしながら、小林の方に顔を寄せ合って声をひそめがちに何やら話していた。

「あなたの英語は上手だね」とルーカスは言った。

「本当に上手い相手にはそう言わない」

「いやいや、本当だよ」

「でもあなたも言われたことない？　ちょっと日本語を喋っただけで、ああ、お上手ですねって」

「たしかに」とルーカスは苦笑を浮かべた。「でもあなたの英語のレベルとは比べるべくもないよ。日本語はほんの少しの単語しか知らない」

「仕事でアメリカに赴任したこともあるからね、ソーゴーショーシャに以前勤めていて。ソーゴーショーシャは分かる？」

「ああ……国際物流に総合的に携わる、貿易複合企業みたいな……」

「そうそう」と徳田は頷いた。「でも貿易だけじゃなくて何でも屋というか、色々な分野の事業投資とか、実際にはもっと手広くやってる。ただ私は思うところがあって、若くして辞めちゃったんだ。で、今では輸入卸会社を二つ経営しててね、片方は人間用、もう片方はペット用」

「ペット用……」

「そう、犬や猫も色々アレルギーや生活習慣病があるから、それに合わせた安全で健康的な、オーガニックの食品やサプリメントを。あと彼らは肉食動物だから、これは国産物も含めて、ペット用の冷凍生肉も取り扱ってる。実を言うと今日はその国内取引先の牧場に行ってきたんだけど」

　徳田は進行方向を睨んだまま口をつぐみ、ハンドルから離した左手で白髪交じりの豊かな中分けの頭髪を掻き上げ、口髭から顎鬚までを撫で回した。ルーカスは足下のデイパックからペットボトルを取り出して水を一口飲み、それをドリンクホルダーに置いた。

「どこから来たの？」と出し抜けに後ろから二宮が片言の英語で訊ねた。

「ヴァージニア州から」とルーカスは振り向いて答えた。「大学を卒業した後、三年間マーケティング会社に勤めた。次はビジネススクールに進むつもりなんだけど、その前にしばらく外国を旅してる」

「何て言ったか分かるか？」と徳田が言った。

「大体」と二宮は答えて両隣に視線を振った。他の二人は目で頷いた。

「彼女たちは娘さん？」とルーカスが徳田に訊ねた。

「いや、私は一人息子がいるだけ」と徳田はちょっと笑みを浮かべて首を振った。「私の真後ろに座っているのが姪っ子、この春から衣服のパターンメイキングの仕事に就いてる。他の二人は彼女の友達。真ん中に座ってるのがアクセサリーデザイナー、あなたの後ろのはニットデザイナー」

「みんなファッションに携わっているんだね」とルーカスはまた後ろを振り返り、身を乗り出しがちに藤原の方をじっと見ると、その小柄な体軀に着たゆったりとしたセーターを右手で示しながら、左手で自分のシャツを引っ張ってみせた。「もしかしてそれはあなたがデザインしたもの?」

「イエス」と藤原はこっくり頷き、頰紅で色づいた顔をさらに赤くしながら胸の中央の、茶や焦げ茶のまだらに縒り込まれた砂色の毛糸が乱雑に入り組んで覆う四角い範囲を指した。「これはタタミイワシ」

「タタミ……ワシ……?」

「タタミイワシっていうのは乾燥食品の名前で、アンチョビの赤ちゃんをパピルスみたいにシート状にして干したもの」と徳田が説明を加え、ルームミラーを一瞥した。「食べる前、焼き網に載せて炎で炙って焦げ目をつける。それがその絵柄になってる」

ルーカスがじっと目を凝らすと、藤原はそちらへ身を向け、裾をかるく引っ張ってよく見せた。硬そうな毛糸のタタミイワシは少し斜めに傾き、前身頃に張り巡らされた仄かに銀光りする黒い箔押しの格子柄の上にあしらわれている。その柄の下地は赤から橙系の色調で燃えるような濃淡に染められていた。

「少し変わってるね……でもとても凝ってる」

まじまじと見つめていたルーカスが視線を上げると、藤原はにこりと微笑み、両手を膝の上に重ねて居住まいを正した。

「見せてくれてありがとう」とルーカスは声をかけ、ふと二宮に視線を移すと、自分の耳たぶを人差し指で叩きながら話しかけた。「そのイヤリングはあなたがデザインしたの？」

「イエス」と茶髪を後ろで束ねた二宮は頷き、前のめりに左の耳たぶを見せつけた。錠剤のＰＴＰ包装を精巧に模したイヤリングがつり下げられている。銀板と透明の凸に挟み込まれた六錠は発色鮮やかな赤と青が互い違いに並んでいた。

「これは本物の錠剤」と小林が脇から簡素な英語で説明した。「樹脂で覆ってある」

ルーカスはじっと見入った。

「ドライフルーツ、有機ナッツ、フェアトレードのコーヒー豆なんかを樹脂加工したアクセサリーも作っててね、うちの妻も彼女の作品のファンなんだ」と徳田が言った。「あとはネイルチップをイヤリングにしたり、それも暗くなると光ったり温度で色が変わったり……」

「洒落てるね」とルーカスは流し目を送って微笑んだ。

それきり皆がふっつりと口をつぐみ、車内に沈黙が漂った。傾いた午後の日差しの下、しばらく疾駆の音だけが響き、右に左に緩やかに湾曲する緑豊かな山間の二車線を快調に飛ばしていった。そのうちに運転手の人差し指がハンドルをとんとんと叩き、微かな鼻歌も途切れ途切れに漏れた。

「音楽でもかけようか？」と徳田が助手席に話しかけた。

「うーん」とルーカスは低く唸り、瞼をこすって運転手を見つめた。「申し訳ないんだけど、少し寝てもいいかな？　実は昨夜はテント泊の野宿であまり眠れなくて」

「ああ、もちろん。でもこの女たちは静かにしていられないかも」

「大丈夫、気にならないよ」

「おい、お嬢さん方」と徳田は後部座席に呼びかけた。「彼はちょっと寝たいそうだから、そのままなるべく静かに」

ルーカスはサンバイザーを下げ、取り出したアイマスクを装着すると、腕を組んで後ろにもたれた。ときおり頭の位置を調整していたが、ほどなく動かなくなり、すやすやと穏やかな寝息を立て始めた。

二宮は手鏡を覗き込んで化粧を整え、イヤフォンを嵌めた小林は窓に寄りかかって外に流れる風景に視線を預け、藤原はラップトップを膝に置いて様々な写真の映し出される画面を眺めていた。

やがて長いトンネルに入り、人工的な焼けた明るさの中、車内にはめまぐるしく変幻する光と影の模様が溢れて、窓の向こうには照明の行列が目にも留まらぬ速さで流れ過ぎていった。耳の奥を圧迫するような疾駆の低い唸りがこもって轟いていた。


サービスエリアに停車するなり、小林は物静かにさっと外に出ると、横切る車の間を小走りに渡って、建物の方へ向かっていった。それを見送った二宮は隣の、斜め後ろにもたれて目を閉じている藤原の肩をゆすった。

藤原はおもむろに頭を起こすと、眠たげな目つきで周囲を見回した。

「由佳ちゃんは？」

「外」と二宮は顎で示した。「ちょっと酔っちゃったんだって」

「私もトイレに」と藤原は欠伸交じりに言ってドアを開けた。

「私もガム買いに行く。耳が詰まった感じがして」

「ガム、あるぞ」と徳田が後ろを振り返って片手のボトルを見せた。

「それは眠気防止のやつだから、ひりひりする」

青い闇を帯び始めた空気に包まれながら、二人の後ろ姿は建物の方へ遠ざかっていった。

ルーカスはアイマスクを額にずらして、シートベルトを外しながら目を瞬かせ、それから徳田を見やった。

「ごめん、起こしちゃったか」

「いや、もう起きてたよ……微睡《まどろ》んでたんだ」

「外で少し休憩してきたら?」

「いや、大丈夫」とルーカスは首を振り、ペットボトルの水を口に含んだ。「でもちょっと窓を開けてくれない?」

徳田は手元を操作して両側の窓を開けた。涼やかな外気が流れ込んできた。ルーカスは組んだ両手を枕に、清々しそうな表情で後ろにもたれた。

深呼吸に膨らんでは萎む胸を横目に眺めながら、徳田はふっと微笑んで、革ジャンのジップを首元まで上げた。

「ところでこの後、うちの近くでみんなで夕食を食べるんだけど、一緒にどう? ご馳走するよ」

「本当に? ありがとう」

「私の友人の、二輪乗りの野郎がやってる最高に美味しいハンバーガーを出すアメリカンダイナーがあって、ステーキやスペアリブもジューシーで肉好きにはたまらない。他にもバッファローウィング、ソフトシェルクラブ、フレンチフライ、コールスロー、クラムチャウダー、チェリーコーク、パイ、ケーキ……」

「ああ、聞いただけでよだれが出るよ……」とルーカスは頬を緩ませた。

　青ざめた小林は便座を上げてしゃがみ込み、おえっと嘔吐した。黄土色の濁流が勢いよくぶちまけられて便鉢の縁に飛び散り、饐えたような臭いが立ちこめた。小林は虚ろな表情でうどんの切れ端の混じった吐物を眺めながら、肩を上下させて呼吸を整え、口の中の残留物を唾液ごと何度も吐き捨てた。じんわりと目に涙が浮かんでいた。

「ああ見えて後部座席の女性陣は大食らいでね、そのダイナーには何度も連れていったことがあるんだけど、いつも私が一番小食なんだ」と徳田は笑ってハンドルに片手を置くと、しばらく伏し目がちに黙り込み、やがておもむろに口をひらいた。「彼女たちは娘さんってさっき私に訊いたのを覚えてる？　実はその時、どきっとしてね。真後ろに座ってた姪っ子のユカは私と妻にとって、本当の娘のようなものだから……彼女が十六歳の時から、段々とそういう存在になっていった……というのもその頃に彼女の両親が……交通事故で亡くなったんだ」

　涙ぐんだ小林は春物のピーコートのポケットからウェットティッシュのパックを取り出すと、一枚引き出して口まわりを拭き、汚濁した水を流した。吸い込まれゆく渦巻きを見送った後、また一枚引き出して飛散した細かな汚れを丁寧に拭き取り、傍らのサニタリーボックスに二枚纏めて捨てた。

「もちろんそれは私にとっても酷い痛手だった。彼女の母親は私の妹だから。でもまだ十代の、多感な年頃の子にとっては、しかも最愛の両親を一挙に……私はそれを言い表す言葉を今もって知らない。祖父母は父方も母方も近くに住んでいなくて、それで私が成年するまでの後見人になった。でも、ユカは両親の遺してくれた住み慣れた家を離れたがらなくてね……それはローンを組んで買った分譲式の集合住宅で、当の契約者が死ぬと残高がチャラになる保険に入ってた」

小林は不意にぴくっと尻を引っ込め、おもむろに猫背になりながら、深刻そうな渋い表情でしきりに腹をさすり始めた。まもなくウェットティッシュをもう一枚手に取り、今度は下ろした便座をしっかりと拭くと、それを捨て、ペーパーを六〇センチほど引き出してちぎり取り、便座のU字曲線に沿って敷いた。

「突如として両親を亡くした子を一人で放っておけるか？　できるわけがない。まだしも幸いなことにうちの一人息子は、京都の方の大学に入って家を出ていた。そこでさしあたり私の妻が、うちから四〇キロほど離れたユカの家に住み込むことにした。妻はインテリアショップに勤めててそれなりに忙しい身なんだけど、朝は朝食と弁当を用意して、夜もなるべく早く帰って温かい手料理を食べさせた。実を言うと、妻はずっと娘を持つことに憧れていたらしいんだ……それで、私もこの髭面を怖がられないようにケーキなんかを買っていって、よく夕食に交ぜてもらった。ユカは私の冗談にまったく反応を示さなくてね、ありありと心を閉ざしてる感じがして、どうにか笑わそうと私は努力したんだけど、実のところ妻もくすりとも笑わないんだ。でも週末になるとユカは妻に連れられてうちに来て、当時私が飼っていたウィンディという犬と遊んでいる時は笑顔をみせた。今はもう死んでしまったその犬は慣れない相手には吠え立てる奴だったのに、不思議とユカには最初から優しかった」

小林は手早くベルトを外して下着ごとスキニーパンツを脱ぎ下ろすと、藍色のピーコートの裾をまくり上げ、ペーパーを敷いた便座に尻をそっと載せて、深く前傾したまま、サイドゴアブーツで床を踏みしめた。

「でもやがて、ユカは本屋で万引きをして捕まった。さらに少しして発覚したことには、仮病の連絡を入れて頻繁に学校をサボってもいた。もちろん本来ならそんなことをする子じゃない。それはある種の代償行為や適応障害というか、要するに傷心と寂しさがそうさせたんだろう。でも、何しろ……うちの息子は誰に似たのか品行方正でまったく問題を起こさなかったから、困ったことにどうしていいか分からなくてね、いっそ開き直ったよ。ユカは養子縁組は望まなかった。だから私は後見人であって親ではない。妻もね。それに私たちは説教をするタイプじゃなかった。そこで妻はそれまでの、可哀想な子の母親代わりの意識を捨てて、同居人としてルールを決め、厳密に家事を分担することにした。ちゃんとしなさい、と一言だけ諭してね」

急激に腹がぎゅるぎゅると鳴り、眉間に皺を寄せ、まくり上げた裾を前に引っ張り寄せるようにしてきつく握り締めながら、小林は血の気の失せた唇を震わせ、怯えたような吐息を漏らした。

「さらに妻はちょっと変わった洋裁教室を見つけてきて、何も課外活動をしていなかったユカに、そこに通ってみることを勧めた。というのも亡き母親は洋裁が趣味でね、遺品には古いミシンがあって、だから、それに触れさせてみようと考えたんだ。妻の目論見通り、やがてユカはカタカタとミシンを動かすようになった。妻はその音を聞いてると不思議と心が落ち着くと言っていたよ……」

次の瞬間、ブジュボボボボボボボボボボボボボボと凄まじい轟音が鳴り響き、下痢便の大爆撃が猛烈な勢いで噴出された。小林は自分でも驚いた様子で、慌てて傍らの音姫ボタンを連打した。擬装の流水音が流れ出した。と同時に、またも肛門からブジュボボボボボボボボボボと汚物の爆撃がほとばしり、汚濁した水溜まりを激しく打った。

「その洋裁教室の先生は日本人と結婚したイギリス人女性で、出産するまでデザイナーとして日本企業に勤めていてね、生徒は近くに住む主婦から在日外国人、自分の服を作りたい十代の子、普段はビジネスマンの女装趣味者なんてのまでいて、万引きなんかよりよっぽど刺激的だったらしい。三ヶ月の入門コースが終わった後もユカは通い続けた。そこであのニットデザイナーの、カスミとも出会ったんだ。二人は歳もひとつ違うだけで、すぐに仲良くなった」

　腐ったような生臭さが漂い出すうちに、擬装の流水音が静まり、外からハンドドライヤーの唸りが聞こえてきた。小林はふうと肩でひと息つき、前髪の下の額を手の甲でぬぐった。その途端、ブジュッ、ブボッと肛門が水っぽい短音を奏で、小林は再び慌ただしく眉間に皺を寄せ、両手に持った裾をぎゅっと握り締めた。泡が立ち弾ける音の混じった屁の空砲がブーッと鳴り響き、ひと呼吸置いて続けざまに、シャーッと勢いよく小水も飛び出してきた。

「でもそのうちにユカは勉強で忙しくなってね、やがて高校を卒業すると難関の私立大学に入って経営学を専攻した。カスミは服飾系の学校に入って、ユカも最初は同じ道に進みたがっていたんだけど、彼女はとにかく勉強ができたから、妻が断固として説得したんだ。そっちの方が選択肢を狭めないからね。入学を機に妻は私のところに戻ってきたから、それが養育の最後のひと仕上げになった」

　小林は一度水を流した後、みぞおちの辺りで裾をつかみ押さえたまま、思案げな面持ちで探るように手先で腹をさすっていたが、やがて横目に睨みつけ、また傍らの音姫ボタンを押すと、前傾姿勢を強めてふんと息んだ。スピーカーから流れる人工的な流水音と肛門から放たれる生々しい水便の滝音の合奏がザワァジュボボボザワァボボボワァアと響き渡り、小林は複雑そうに顔をしかめた。

「でも、ユカが成人して私の後見人の任が解消された後、大学三年になると同時に、彼女は誰にも相談せずに並行して服飾専門学校の夜間コースに通い始めた。学費は自分で管理できるようになった遺産でまかなえるし、ひそかに計画していたんだろう。妻は驚いて嘆いていたけど、元はといえば自分が服作りを始めさせた。私はと言えば無責任に応援してたね、実は今着てるこの革ジャンは、その頃に彼女が作ってプレゼントしてくれたものなんだ。大学を卒業した後、彼女は昼間のコースに編入してさらに二年間みっちりと学んで、結局、自分の望んだ会社に就職を決めた」

小林は陰部と尻を入念に拭き、薄茶色に染まった大量のペーパーの堆積を水で流してから、片手で裾を持ち上げたまま腰を浮かせた。汗ばんだ尻にペーパーがはりついた。それを剝がして水面に叩きつけるように捨てると、憔悴した様子で重たい溜息をつき、下着とスキニーパンツを引き上げた。

「それで……なぜこんな話を長々としたのかな……そう、それで今、カスミはOEMやODMを請け負う会社でニットデザイナーをしながら、少しずつ自分のブランドを始めようとしているところでね。自分で刈り取った羊毛で糸を手紡ぎして、それを作る物の一部に使うっていうのが彼女が今、やろうとしていることで、それで今日は私の付き合いのある牧場に見学に行ってきたんだ。実際に毛を刈るのはもう少し暖かくなってからだけどね、羊が寒がらないように……それで……そう、その帰りに肌寒そうな格好のバックパッカーを拾ったってわけだ」

徳田が笑って剽軽《ひょうきん》に身震いの仕草をしてみせると、真顔で聞き入っていたルーカスも笑みをこぼした。

ほどなく歩いてくる藤原と二宮の姿が見え、徳田はそちらを指さした。

「それとあのアクセサリーデザイナー、名前はヨーコっていうんだけど、彼女はまず私の妻が知り合ってね。彼女が講師を務めたアクセサリー作りのワークショップに妻が参加して、妻経由でユカとカスミとも知り合ったんだ。だからつまり……こうして話してみると、人の進む道もその交わりも、すべてが巡り合わせなんだなって改めて思ったよ」

「そうだね」とルーカスは噛み締めるように相槌を打った。

徳田はしんみりと口をつぐみながら、車の前まで来た二人を見つめていた。

女二人は運転席側に回って、開いたままの窓を覗き込んだ。

「何？　じっと見て」

「お前たち、ちょっと化粧が濃くないか？」と徳田は自分の目元や唇を人差し指でなぞるようにしながら、からかうように言った。

女二人は無視して後ろに乗り込んだ。

やがて車列伝いに横合いから、小林も姿を現した。半分ほど水の減ったペットボトルを片手に提げ、項垂れがちに後部座席のドアを開けた。

「大丈夫？」と藤原と二宮がほぼ同時に声をかけた。

「少し気持ち悪かったけど、もう大丈夫」と小林は微笑んで脚を揃え、真ん中に座る藤原を見た。「あ、こっちに座る？」

「ううん、ここでいいよ。こっちで交代したから」

運転手はシートベルトを着け、助手席もそれに倣った。

「おい、本当に大丈夫か？」と徳田が正面を向いたまま声をかけた。

「うん」と小林は答えた。

迫り来る宵闇の気配の中、五人乗りの車は再び発進した。加速しながら騒々しく猛る風をしばらく吹き込ませた後、前の窓が閉じられた。

車内に沈黙が訪れた。

やがてガムを噛んでいた二宮がその顎の動きを止めて、助手席の肩を叩いた。「ねえ、ヒッチハイクでどこに行ったの？」

「ええと、ナゴヤ、オオサカ、コーベ、キョート、あとは……ヒロシマ」とルーカスは振り向いて見つめた。「原爆ドームや平和記念資料館に行ってきたよ。あんな悲劇は二度と起こしてはならないね……」

二宮は唇を結んで黙り込んだ。

ルーカスもそれきり黙っていた。

「今度こそ音楽をかけていいかな?」と徳田が明るい声で助手席に訊ねた。「私は運転中は一曲を繰り返し流し続けるのが好きなんだけど」

「ああ、もちろん」とルーカスは答えた。「同じ曲を?」

「そう」と頷いて徳田は音楽をかけた。

煌めくような崇高なイントロが流れ始めた。

「ああ、この曲知ってるよ」とルーカスはかるく声を弾ませた。「とても有名だよね……」

There comes a time when we heed a certain call
When the world must come together as one
There are people dying
Oh, and it's time to lend a hand to life
The greatest gift of all
We can't go on pretending day by day
That someone, somewhere will soon make a change

We are all a part of God's great big family
And the truth, you know, Love is all we need

We are the world, we are the children
We are the ones who make a brighter day
So let's start giving
There's a choice we're making
We're saving our own lives, It's true
We'll make a better day
Just you and me

Well, send them your heart
So they'll know that someone cares
And their lives will be stronger and free
As God has shown us by turning stones to bread
And, so we all must lend a helping hand

We are the world, we are the children
We are the ones who make a brighter day
So let’s start giving
Oh, there’s a choice we’re making
We’re saving our own lives, It’s true
We’ll make a better day
Just you and me

When you’re down and out, there seems no hope at all
But if you just believe there’s no way we can fall
Wow wow wow, let us realize
Oh, that a change can only come
When we stand together as one

We are the world, we are the children
We are the ones who make a brighter day
So let’s start giving

There's a choice we're making
We're saving our own lives, It's true
We'll make a better day
Just you and me

We are the world, we are the children
We are the ones who make a brighter day
So let's start giving
There's a choice we're making
We're saving our own lives, It's true
We'll make a better day
Just you and me

We are the world, we are the children
We are the ones who make a brighter day
So let's start giving
There's a choice we're making

We're saving our own lives, It's true
We'll make a better day
Just you and me

We are the world (We are the world)
We are the children (We are the children)
We are the ones who make a brighter day
So let's start giving (So let's start giving)
There's a choice we're making
We're saving our own lives, It's true
We'll make a better day
Just you and me

We are the world (We are the world)
We are the children (We are the children)
We are the ones who make a brighter day
So let's start giving (So let's start giving)

There's a choice we're making
We're saving our own lives, It's true
We'll make a better day
Just you and me

We are the world (We are the world)
We are the children (We are the children)
We are the ones who make a brighter day
So let's start giving (So let's start giving)
There's a choice we're making
We're saving our own lives, It's true
We'll make a better day
Just you and me

We are the world, we are the children
We are the ones who make a brighter day
So let's start giving

There's a choice we're making
We're saving our own lives, It's true
We'll make a better day
Just you and me

We are the world (We are the world)
We are the children (We are the children)
We are the ones who make a brighter day
So let's start giving (So let's start giving)
There's a choice we're making
We're saving our own lives, It's true
We'll make a better day
Just you and me

We are the world, we are the children
We are the ones who make a brighter day
So let's start giving

There's a choice we're making
We're saving our own lives, It's true
We'll make a better day
Just you and me

同じ曲が十度以上繰り返されるうちに、車は夜の帳の下りた一般道に降りていた。

「何度聞いても良い曲だね」と赤信号に停まった時、ルーカスはぽつりと言った。

「ああ、いつまでも終わらない気がしてくるんだ」と徳田は頷いた。「つまり……繰り返してるからなんだけど、それに値する曲なんだよ」

すっかり暗くなった車内、発光する携帯端末の画面と車窓から眺められる道沿いの電飾の光景が、後部座席の女たちの視線をそれぞれに引きつけていた。

やがて車に溢れた国道から外れて、少し寂れた通りを走るうちにカーナビが間もなくの到着を報せた。

「やっと着いたね」と藤原が両隣に笑顔を振りまいた。

一本裏通りに入ってすぐ、暖かな光を放つ店舗が見え、店脇の路地に折れて裏手から駐車場に上がり、奥の空いていた片隅に車を停めた。電灯の白光におぼろに照らされた駐車場は広く、降りて近づいていく五人の目の前に、建物の側面の窓明かりがはっきり灯っていた。

　表に回って出入口の扉を開けると、がやがやと喧噪が溢れ出した。レジ台の下の陳列棚にはパイやケーキが見え、壁際の棚に洋酒の瓶が所狭しと並ぶバーカウンターに沿って一人客が座っていた。

「おお徳さん、いらっしゃい！」とバンダナを巻いた眉の太い日焼け顔が声を張り上げ、カウンターの向こうから出てきた。「由佳ちゃんたちもお久しぶり。あの物凄い美人のお母さんは元気？」

「はい、変わりなく」と小林は微笑んだ。

　傍らの女二人もにこやかに挨拶した。

「途中のサービスエリアでアメリカ人のヒッチハイカーを拾ってさ、連れてきたんだ」と徳田は後ろを親指で示しながら言って、振り向きざまルーカスを招き寄せ、引き合わせた。「これはこの店のオーナー、私のツーリング仲間でもある」

「ようこそ、はじめまして」と店主は英語で挨拶して右手を差し出した。

「はじめまして」とルーカスは微笑んで握手を交わした。

　琥珀色の照明に満ちた店内は満席に近く、天井扇の羽根がゆっくりと回り、ＢＧＭのサーフロックを掻き消すほどに賑やかな話し声が絶え間なく湧いていた。ざわめきに溢れた通路を折れて奥まった窓際の四人席に案内されると、徳田はまず他の四人を座らせ、自分は運ばれてきた予備の椅子で通路側に座った。

「ああ、お腹空いた」と二宮がメニューを開きながら言った。

「本当、ぺこぺこ」と藤原が笑って腹に手をあてた。

「何か食べられないものは？」と徳田がルーカスに訊ねた。

「特に何もないよ」

「じゃあ、まずはこのお任せの盛り合わせを頼もう。あと飲み物は、運転手に敬意を表してアルコール抜きで……チェリーコーク」

徳田がメニューのそこを指さすと、藤原と二宮が挙手して加わり、それを見てルーカスも手を挙げた。

「私はウーロン茶。それと、ちょっとお手洗いに行ってくる」と小林は腰を上げ、調理場のカウンターを拭いている店員を指さした。「あ、あの人についでに注文しておくね」

小林はそそくさと近寄っていき、窓際の席を振り向いて示しながら、店員に注文を伝えた。

「それで食事の後なんだけど、もう少し先の駅まで送っていってそこから彼女たちは電車で帰る」と徳田はルーカスに説明した。「で、ヨーコは渋谷に住んでるから、そこまで彼女についていけば、後は山手線で大塚まで行ける。山手線は分かる？」

「うん、知ってる」とルーカスは答え、同じテーブルを囲む面々を左右に見た。

「色々ありがとう。ドーモアリガト」

藤原と二宮は面映ゆげに顔を見合わせ、徳田は微笑んで口髭を撫でた。

徳田は不意にルーカスの横顔に口を寄せ、そこを片手で覆った。「ところで、食事の前にひとつお願いがあるんだ。ちょっと一緒に来てくれ」

ぼそぼそと耳打ちするなり、すっと腰を上げて目で促した。ルーカスは問いかけるような顔をしつつも、それに続いて席を立った。

「どうしたの？」

濃い睫毛の反った目をぱちくりさせながら、藤原と二宮は二人を見上げた。

「向こうを案内してくる」

徳田はにんまりと笑うと、ルーカスにちょいと手招きをしてから、背を向けてバーカウンターの方へ歩き出した。ルーカスは怪訝そうに女たちに微笑みかけてから、その後についていった。

店を出たところで徳田は口をひらいた。「駐車場のあっち側に私用の二輪用車庫があって、そこに私も一台置かせてもらってるんだ。それで……ちょっと変なお願いに聞こえるかもしれないんだけど、その車庫にいるのが実はアメリカ物でね、それにアメリカ人に跨がってもらって、その写真を撮りたいんだ。それをインターネットに投稿して仲間内に見せたいんだけど、いいかな？　ちょっとした洒落っていうか……今日のこの出会いの記念としても……」

「分かった、いいよ」とルーカスは笑って徳田の背をぽんと叩いた。

駐車場に出て肩を並べて歩きながら、ルーカスはジーンズのポケットに両手の先を突っ込み、三日月のぼんやりと輝く夜空を見上げた。徳田はキーケースを取り出して、ちらりと後ろを振り返った。店舗の側面に二つ並んだ窓明かりの片方に、向かい合う藤原と二宮の横顔が見えた。二人は脇目も振らずお喋りに夢中になっていた。

片隅にはベンチを外に備えた小屋があり、それに併設されてコンテナが二つ並んでいた。

「これはさっきのオーナーがアメリカから買い付けた品々を売る小店でね、最近は客が見たがった時しか開けないんだけど、オンラインショップもある。だからこのコンテナは倉庫に見えるだろう？　でも実は……」

解錠してシャッターを開け、さらに内扉も解錠して手前に引き倒すと、それがコンテナの床の縁から地面に架け渡された。照明の灯った内部には大型の自動二輪車が後ろ向きに収まっていた。徳田は中に入って少し操作してから、スタンドを足で払って、左手をハンドルに右手をシートに置き、体を添えた横歩きで巧みに外に連れ出した。そのまま切り返して向きを変え、スタンドを支えに威風堂々たる鉄馬を停めた。

「ハーレーダビッドソンだ」

「ああ、もちろん知ってるよ。とても格好良いね」とルーカスは目を煌めかせて見入った。「跨がるのは初めて」

「気をつけてくれよ、危ないから」

徳田は笑って一歩下がると、後ろからルーカスの首根っこと片腕をつかみ、足をかけて力ずくに地面に引き倒した。ルーカスは小さく驚きの声を上げ、したたか尻餅をつき硬い呻きを漏らした。徳田はその上にすぐさま跨がり、ボタンを引きちぎり開襟シャツの前をはだけさせ、さらにTシャツも胸ぐらをつかんで破り、みぞおち辺りまで一気に引き裂いた。

「おい、何するんだ！」

徳田は無言のまま相手の両肩をぐっと突いて地面に押しつけ、馬乗りになり両手首をつかみ押さえ、露わになった胸板の、左の乳首に勢いよくしゃぶりついた。ルーカスは短く喚いた。徳田は頭を下げた低い姿勢で、手首をつかんだまま拮抗して互いの腕を震わせながら、ひいひい荒くおののく息を吐いて足をばたつかせるルーカスの、つんと立った大きめの乳首に鋭く噛みつき、それを一気に食いちぎった。

ルーカスは絶叫した。

徳田はすかさず強烈な張り手をぶちかました。横っ面を張られたルーカスは声を失って血混じりの唾液を飛び散らした。徳田は頭を振り上げて飛び退り、白光に薄らぐ闇の中、くっちゃくっちゃと濡れた音を立て、口まわりの濃い髭を蠢かせて咀嚼しながら、瞳孔の開いたような眼差しでじろりとルーカスを見下ろした。目が合った瞬間、ルーカスはびくっと竦み上がり、次いで股間に染みが出来始めた。みるみる地面にも染みが広がっていく傍らで、徳田はごくりと食いちぎった乳首を飲み込んだ。ルーカスは反射的にそれが元あった箇所に左の二の腕を寄せ、さらに右手でその辺りを庇った。生温かいアンモニア臭が立ちのぼり始めた。

店のトイレの中、小林も水便の奔出と同時に勢いよく小水を噴射していた。

徳田はコンテナの棚からヘルメットを取り、頭に被りながら出てくると、手早く内扉を上げてシャッターを下ろして、施錠もせずにすぐ車体に跨がった。ルーカスは身震いに襲われながら呆然とそれを眺めていた。徳田は軋るような音を立ててエンジンをかけ、ひんやりとした薄闇の中、ドドドッドドドッと熱い鼓動を銀光りする気筒から震え吐かせながら、ポケットをまさぐり車のロックを遠隔解除すると、スタンドを蹴り払って、ドゥルン、ドゥルンと立て続けに鉄馬を嘶かせた。

「荷物を取って歩いて帰れ……小便垂れ……」

ヘルメット越しに声を張って言い捨て、シールドを下げると、徳田はただちに発進して遠ざかり始めた。

　はっと我に返ったルーカスは地面に肘をつき、頭を起こしてどうにか体を返すと、走り去る姿へ向かって片膝を立てた。がくがくと脚が震えて立ち上がれず、濡れそぼった股ぐらから尿が滴り、それをちらと見てルーカスは顔をしかめた。その間、重低音を唸らせてみるまに徳田は小さくなり、もう駐車場を出て右折するところだった。

「待て！　おい、待ちやがれ！」

　ルーカスは慌てて空をつかむ手を伸ばしたが、その途端に姿は消え、地響きのような重低音の唸りが遠ざかる最中、握り締めた拳を地面に叩きつけた。

「畜生！　何しやがるこの糞ジャップが！　絶対にまた原爆を落としてやるからな！覚悟しとけよ！」

　眉を怒らせて目を剝き、がちがち鳴る血濡れた歯の間から荒く震える息を漏らしながら、ルーカスはふと店舗の方を見やった。

　窓明かりの中、顔の前で両手をぱんぱん叩きながら、化粧の濃い女同士が大笑いをしていた。

globarise

「すみません、ワサビをください」

　クォンはそう英語で言って黒縁眼鏡越しに板前を見つめながら、握りや軍艦がずらりと並んだ寿司下駄の片隅を指さした。和帽子を被った板前は微かな鼻歌交じりに巻き簾を巻き込んでいた手をぴたりと止めると、カウンターの向こうで顔を上げた。

「ん？　お兄ちゃん何か言った？」

「ワサビをくれって」と隣に立つ立石浩太郎が口いっぱいに一貫張りながら、代わりに繰り返してやった。「外国の人はいっぱい付けたがるから」

「ああ、ワサビね」と中年の板前はクォンを見て頷きかけ、布巾で手を拭き、指先にごっそり黄緑の塊を取ると、それを寿司下駄の片端にぽんと置いた。

「ありがとう」とクォンは英語で言って微笑んだ。

　立石は湯飲みの濃緑のお茶を啜り、手近な容器を開けて小匙で粉末茶を足してから、箸を垂直に突っ込んでぐるぐる掻き回した。次いで隣の容器の蓋を取り、その中の薄黄色いガリを付属の小さなトングで小皿に大量に盛り始めた。クォンはそれを横目にしげしげと見つめてから、携帯端末のカメラを自分の前の色とりどりの寿司の並びに向けて構えた。シャッターを切り、満足げに画面を見てポケットにしまった。

「どこから来たんだい？」と立石はもろにカタカナ発音の英語で訊ねた。

「ヴェトナムから」とクォンは箸を手に持って答えた。

「ベトナム」と立石は鸚鵡返しに言って頷き、手づかみでガリを口に入れた。小気味よい咀嚼の音が漏れ聞こえた。「あなたはとても運がいいよ。ここは東京でベストの安いスシ屋の一つだから。値段は手頃で味もいい」

「そうみたいですね」とクォンは微笑んで相槌を打ち、器用な箸使いでしっとりした赤身の鮪を剝がして小皿の油につけ、それを握られた酢飯の上に戻すと、ワサビの小塊をちょこんと載せた。「とても美味しそう」

　中年の板前は切り分けた鉄火巻きを立石の前に置き、クォンは鮪の一貫を箸で口に運んだ。その間、カウンターの中からもう一人の若い板前が出てきて、二人きりの客の後ろを通り抜け、タッチプレートを押して出入口の自動ドアを開けた。店内の壁掛け時計は午後三時過ぎを示していた。

　若い板前は店先の立て看板から「お得なランチメニュー」を広告する合成紙のポスターを引き抜き、くるくる丸めて片手に持つと、外に面したタッチプレートを手の甲で押して中に戻った。まもなく閉じた両開きの自動ドアの、外に置かれたままの立て看板には「準備中」と書かれた別のポスターが歩道向きに残っていた。若い板前はまた二人の客の背後を通り、円筒状のポスターの先がクォンの脹ら脛をさっと掠めた。「失礼」と若い板前は小声の英語で言って、奥の小さな物置場にポスターをしまうと、その隣の暖簾に半ば隠れた調理場に引っ込んだ。それから流し台の上に、傍らの棚から持ち出した一メートルほどの長さの木箱を慎重に置き、その蓋をぱかりと開けた。「もともと、スシはファストフードだったんだ」と立石は口の中にぐちゃぐちゃに崩れた鉄火巻きを含んだまま英語を喋り、手振りを交えながら、発話に伴って幾つもの飯粒を噴きこぼした。「こういう、立ち食いのね……」

クォンは二貫目をもぐもぐと咀嚼しながら、神妙に小さく頷いてみせた。

若い板前はあちらを向く立石の斜め後ろに立ち、柄の長い和斧のよく研がれた刃先をその頭上にそっと合わせ、高々と振り上げると、それを一直線に振り下ろした。がつんとそれが頭頂に食い込んだ。と同時に、中年の板前がまな板に乗り上がりカウンター越しに身を乗り出して、包丁を鋭く立石の喉に突き刺して抉り斬った。そのまま客側に飛び降り、倒れかけた体を羽交い締めにした。若い板前も素早く接近して食い込んだままの斧刃と柄の接合部をしかと握り、ぐっと押し込みながら、もう片方の手で立石の顎をつかみ押さえた。

クォンは一歩後ずさり、信じられないといった面持ちでその光景を眺めながら、ごくりと口の中のものを飲み込んだ。

二人の板前は慎重に、和斧が食い込んだまま死にゆく立石を床に座らせ、引っつかんだおしぼりを広げて血の溢れる喉にあてがうと、壁にもたせかけた。若い板前は柄と斧刃の接合部を握り支えたまま、もう片方の手で前掛けのポケットから金槌を取り出すと、それでもって斧頭を力強く叩き始めた。刃先がさらに食い込んでいった。中年の板前は手際よく出入口の内側に簾をかけた。びっくりした死相で固まった立石の顔面に、頭頂の亀裂から流れ落ちた血がべっとり付着していた。

「すごい……」とクォンは頭を振りながら感嘆の声を漏らした。「アニメみたいだ……」

「アニメ？」と若い板前は横目遣いに笑って、相棒と入れ違いに立石を挟む位置を変えると、引き抜いた和斧をいまいちどその頭頂に合わせてから、振り上げてまた叩き込んだ。脳味噌がぴゅっと噴き出した。

「お兄ちゃんは運がいい。こんな珍味はなかなか食べられないよ」と中年の板前は微笑んで目配せして、調理場からバッテリー駆動のドリルとゴーグル、銀色に鈍く輝くアルミボウルを取ってきた。「滅多に捕れない獲物だ」

若い板前は受け取ったゴーグルを装着すると、ドリルで頭蓋の割れ目に沿って穴開けに取りかかり、短い騒音の後、クォンに向かって手招きをした。

「ほら、見てみな」

クォンは脇から覗き込みながら、眼鏡の奥の目を大きく見ひらいた。

「新鮮な、糞野郎の脳味噌だ」と若い板前は流暢な英語で言って笑った。「あんたはどこから来たんだっけ？」

「ヴェトナム」

「観光か？」

「ええ」

「あんたはヴェトナムから来た。でも、今はもっとずっと遠くから来てる奴もいるのさ……」

クォンはまだ信じられないといった面持ちのまま、ヒューと口笛を吹いた。

中年の板前は二人の反対側にしゃがみ込み、頭蓋の穴から変わった形のナイフを差し込んで、アルミボウルに脳味噌をすくい取っていった。若い板前は立石の死体を寝そべらせ、両の脇の下に手を差し入れると、それを出入口の前の方へ重たげに引きずっていった。クォンはちょこまかと後ずさり回り込んで避けた。ほどなくアルミボウルが脳味噌でいっぱいになると、中年の板前はそれを持って調理場に入り、かるく洗って脇に置き、今度はバケツに水を注ぎ始めた。若い板前は再び和斧を持ち、それを振り上げて仰臥した死体の首に叩き込んだ。立て続けに振り下ろして頭部を切り離した。

「カブトニにするんだ」と若い板前は和斧を傍らに置き、髪をつかんで頭部を持ち上げ、もう片方の手で切断面におしぼりをあてがった。「頭を煮る。油、ラム、砂糖で味付けしてね」

そこへ中年の板前がたっぷりと水の入ったバケツを持ってきた。若い板前はびっくりした死相をクォンに見せつけると、その頭部を血抜き用のバケツに浸した。それから背を向けてドリルとゴーグルを手に調理場に入り、垂れた暖簾の向こうでそれを洗い始めた。中年の板前は横手奥のトイレに入っていった。

通路に佇んで調理場の手もとを覗き見るクォンの背後の、鉤型のカウンターの折れた物陰から覗く足がぴくりと動き、おもむろに片方の膝が立った。両肘でぐっと重みを支えながら、頭のない死体はゆっくりと上体を起こしていった。そのまま黙って立ち上がり、上部の欠損した首を回す仕草をしてから、簾を持ち上げてタッチプレートを押した。その物音にクォンがびくっと振り返ると、開いた自動ドアから頭のない死体は出ていった。

「アニメみたいだ……」とクォンは不思議そうに呟いた。

自動ドアの隙間が狭まり、店先に出た頭のない死体の後ろで閉じた。その右手には体の前に隠すようにして和斧が握られていた。

まもなく通行人の一人がぶったまげた叫びを上げた。瞬く間に視線や指さしが連鎖して次々に驚きや動揺や不審の声が湧き、呆気にとられる者、強張った顔で後ずさる者、背を向けて足早に離れる者、さっそく撮影する者などが路地に入り乱れた。

「首チョンパが立ってる……」

「何これ、撮影?」

にわかに騒然となった辺りに歩み寄ってくる疎らな流れも生じて、その最先端に立ち、注意深く半身に構えながら、ぎりぎり逃げられそうな距離でカメラを向ける男も現れた。頭のない死体は当惑した素振りで体の向きをあちこちに変え、それから路地を斜めに横切ろうと足を踏み出した。そちらの丁字路の角から出てきた黒いスーツ姿の女が半ば立ち止まり、ちょっと目を凝らして、キャッと一瞬だけ叫んで竦み上がった。「その途端、頭のない死体も首の切断面からどばっと血の叫びを噴き出した」とバケツの水面に浮き上がった青ざめた死相が異様に据わった目つきで、早口で囁くように呟き始めた。「女は目を剝いて甲高い喚き声を上げ、腰を抜かしそうに後ずさり、慌てて踵を返して逃げ出した。カメラを向けた男も慌てて後退した。ぶぼっごぼっと続けざま大量の血が沸き立つように噴き出、どろどろと不気味に粘性が強そうに流れ落ち、それが頭のない死体を上から下まで生々しい深紅の粘液で被膜していった。辺りに叫喚が感染して大多数の者たちが逃げ出した。離れて後ずさりしながら、幾つかの曲がり角から様子を窺いながら、カメラを構える者がなお数人だけ残った。頭のない死体は肩から腕、脇、股、性器や尻の谷間、手先や足の裏に至るまで、流れ落ちるままに粘り気に富んだ血を満遍なく塗りつけていった。そうして全身が深紅に被膜された。それから両手で粘つく血の余剰をこね合わせていき、少し冷え固まった質感の、飴状に練り上げたそれを右の拳に覆い被せると、その拳を慎重に引き抜き、空洞になった中にもう一度手を入れて器用に押し広げていった。そうして袋を成形した。その袋の口を両手でぐっと引っ張り伸ばしながら、どうにか首の切断面に被せて、ぴったりと付け根まで下ろした。その首元の接合部に、粘つく血の残余をしきりに上塗りして接着すると、さらに上から両手でしっかりと締め押さえ、腰を落としてぐっと丹田に力をこめるように踏ん張り始めた。すると首から地続きに深紅の、粘り強く弾性のありそうな風船玉がぷっくりと膨らみ始めた。それは表面に虹色の照りをまだらに帯びながら伸び膨らみ、丸々と大きくなっていった。その片端が建物に触れそうなほど膨張するにつれて、腰を落としたまま少しずつ丁字路の交差の中央に歩み寄り、ややひらけたそこでさらに大きく膨らませていき、それはぐんぐん伸び広がって浮力を得た気球になり、やがて両足がふっと地面から離れた。気球頭の死体は自分の首を絞めたまま両脚を揃えて宙に浮き、カメラを向けて振り仰ぐ顔たちに唖然として見送られながら、空に吸い込まれるように速やかに上昇していった。わずか数秒で周囲の雑居ビルを超えた。向こうの通りを見下ろせるようになり、たちまち辺りを俯瞰する高さに達した。その間も気球は大きくなっていった。あちこちを走る車たちが玩具のミニカーに見え、往来の人々がみるまに小さな黒山の蠢きになり、路地や通りに沿ってアブラムシが湧いている。くるりくるりと気流に弄ばれて横回転しながら、あっという間に周囲に見渡せる高層ビルも超え、さらにぐんぐんと上昇して地上の人も車も影も形もなく極小に溶けた。上空には脅かすような強風が吹き渡り、一望される灰色のビル群は過密に建て込んだ墓地の佇まいと化して、生命感の希薄さが寄る辺ない宙吊りを露わにする。なおも高度が上がるにつれて、所々に緑のあしらわれた灰色を基調とした街並みは模型の細密さで広がり、それが霞がかり立体の鮮明さがぼやけて、現実感のある遠近が失われていった。より高度が上がると街並みは通りを回路とする基板に見えた。さらに高度が上がると区画に整理された微塵のがらくたにも見えた。その間も気球は大きくなっていった。くるくると右に回ったり、少し止まったかと思うと逆に左に回ったりしながら、冷え冷えとした強風にひゅうと吹き流されて上昇していった。地平の向こうには遠い山々の影がそびえ、向きが変わるとおぼろに水平線が覗いたりした。やがて山の高さをも超え、立ち込める靄にうっすら包まれて、遠方がぐるりと薄雲に取り巻かれた。ある方角には真っ白い羊雲も浮かんでいた。気温はぐんぐん下がり氷点下を下回り、凍てつく猛烈な風が吹き荒れた。頭上の太陽がぱっと光の輪を帯びた。気圧も刻々と下がり気球は悠然と膨らんで浮力を得続けた。遥か眼下に霞んだ陸地はぽつぽつと白い建物の斑点が目立ち、海岸線に切り取られて地図の形に相似する。渋い紺色の太平洋も霞みながら、なおも上昇を続けるにつれて、大気中に浮遊する無数の微粒子がすべての波長の可視光線を散乱させて織りなす薄白さが、薄雲とともに地表をひとまわり高く覆う層として面してくる。全貌は見渡せない大いなる地球の縁の、空とのあわいは蒼白にぼやけて、その上の茫漠とした青天の広がりは濃さと暗さを増していく。やがて薄白い層までも鳥瞰する高みに達すると、それを透かして眺められる土気色の陸地は幽々たる深みの下に沈み、海底に打ち棄てられた遺跡に見えた。それを引き立てる薄ぼけたくすんだ紺碧の海の上に、太陽の影が冷えた脂の質感で照り映った。頭上はよりいっそう濃く暗くなり、弧を描く地球の輪郭は蒼い微光を帯びて、そこから青黒く滲み、いつしか無辺の漆黒の闇に迫られている。その漆黒の彼方に別世界への出口のように、強烈な肛門のように、燦然たる太陽が光り輝いていた。成層圏に入り高度一万数千メートルを超え、気温は零下五十度を下回り、気球がくるくる回転するのに相対して、凍えそうな蒼白さにぼんやり覆われた地球も揺れ動いた」

頭のない死体は横切った先の歩道の敷石に和斧を叩きつけていた。腰を落としてがんがん繰り返し叩きつけていた。やがて砕けた欠片が飛び散り、亀裂が入り、そこに斧刃を差し込んで梃子の力で敷石を幾つか剝がすと、さらにその下をほじくり返した。遠巻きに路地の向こうから、辺りの曲がり角や物陰から、その様子を眺めたり撮影したりする者たちが残っていた。

「気球は引き続き大きくなり、横回転しながら上昇していった。地球は氷霧めいた蒼白さを帯びて雄大に丸っこく押し黙り、漆黒の闇は奥行きの知れない不確かさで広がっていた。零下七十度を下回ったところで、今度は少しずつ温度が上がり始めた。大気は希薄で風が穏やかになり、高度二万メートル超に浮かんでゆっくりと回りながら、一方に白い雲海から突き出た富士山がごく小さく見下ろせた。気球はなおも上昇していった」

頭のない死体は少しばかりほじくり返すと、和斧を短く持ち、その刃を自分の首の切断面に滅多打ちに叩き込んだ。血がどばっと噴き出、ぶぼっごぼっと続けざまに沸き立った。頭のない死体はすぐさま和斧を放り捨て、その場に跪いて浅い穴ぼこに勢いよく首を突っ込んだ。首の切断面から溢れ出す熱く滾る血がどろどろと地下に染み込んでいった。それは重く地下に融け入り、深紅の流動の根を張り、いきなり落雷の速さで地殻を超えてマントルを突き破り核にまで達した。血潮を注ぎ込まれた地球の芯が脈打った。ドクン、ドクン、と遠い地響きがした。

「その途端、上昇と膨張を続けていた気球が破裂した。一気に散り散りに細切れに裂けた。頭のない死体はくるくる錐揉みしながら急降下していった。落ちていく先の蒼白の風景も空転した。くるりくるりと回るたびに漆黒の闇に映える強烈な輝きとすれ違った。それは光の針を放射していた。不安定な回転に激しく揺さぶられて地球の輪郭がぐにゃぐにゃと波打った。天地が跳ね回った。何もかもが掻き乱されながら時速数百キロで凍てつく旋風の中を錐揉み降下していくうちに、次第に仄明るい蒼白さに覆われていた地表が薄ぼけた白さに変わり、眼下は霞みながらも息づく街並みの表情を覗かせ、漆黒に統べられていた天空が青みに染め直されるにつれて、地平の蒼い微光も褪せた滲みに変わり、青空と薄雲に彩られて太陽もうららかに輝き、向こうに山々の影がそびえ、凜とした清々しい強風に吹きつけられながら、いよいよ精彩を帯びる地上へと迫っていった」

頭のない死体は地面に跪き、浅い穴ぼこに首を突っ込んだまま、その両脇に左右の手をついた。その両手をぐっと力ませて、首を引き抜かんばかりに突っ張った。繰り返し突っ張っても首は抜けなかった。びくともしなかった。

「頭のない死体はぐんぐん地上へ落ちていった」

首の両脇に手をついたまま、尻を突き上げて地面を爪先で蹴った。

「急速にありありと立体的に見えてくる街並みへ向かって、音速の勢いで突っ込むように落ちていった」

両足が地面から離れて、二本の脚がすっと垂直に伸び上がった。

「みるみるビルが近づきその合間の路地に落っこちていき、歩道の敷石の剝がれた箇所に真っ逆さまに突き刺さった」とそう言ったが最後、青ざめた死相は頭部丸ごと破裂した。と同時に猛烈な爆発が起こった。表口のガラスが音を立てて一気に粉々に割れ散り、吹っ飛んだクォンは店の前の路地にどさりと投げ出された。驚いて遠巻きの数人が後退した。曲がり角の物陰に顔が引っ込んだ。薄白い煙のゆらめく店内では板前二人がぐったりと尻をつき体を折り、各種の寿司ネタは炙られたように焦げて四散していた。鋭利な破片の散らばった路上で一人、顔をしかめて後頭部をさすりながら、クォンはゆっくりと上体を起こすと、細めた裸眼で辺りを見回した。少し離れた所にフレームの歪んだ眼鏡が落ちていた。もう少し離れた所には立て看板とバケツの残骸も転がっていた。クォンは片手で注意深く破片を払って立ち上がり、後頭部にあてていたもう片方の手を眼前に持ってきた。それはべっとりと血濡れていた。眼下の破片にも血糊が付着していた。そよ風に乗って店の方からうっすらと煙がたなびき、突っ立つクォンが不快げに顔をそむけた時、ドクン、ドクン、と遠い地響きがして地面が奥底から波打った。クォンは目を見ひらいて足下を見た。ドクン、ドクン、とまた少し強まった地響きがした。遠巻きの一人が竦み上がったように踵を浮かせ、辺りの地面を見回すと、そそくさとその場を離れていった。他の数人もそれを見てこぞって逃げ出した。クォンは静かに震える息を吐きながら額を上げ、ふと斜め前方を見やり、じっと目を凝らすと、ポケットをまさぐり携帯端末を取り出して指先で操作を加え、動画撮影にしたカメラを向けた。

わななく映像の中、地球頭の死体はぴんと真っ直ぐに伸びた逆立ちで静止していた。それからゆっくりと腰を折り、地に足をつけるとそのまま、ぐっと頭をもたげて立ち上がった。

＊初出　「文藝」二〇一五年冬季号
＊本書は二〇一六年三月に小社より単行本として刊行されたものです。文庫化にあたり加筆・修正をしました。また「夜明け」を省き、「犯罪捜査」（『ポジティヴシンキングの末裔』所収／二〇〇九年・早川書房刊）を改作して収録しました。

要するに

山形浩生 40883-5

ネットはどうなる？　会社ってなーんだ？　プライバシーって本当に大切？　……いろんな領域にまたがって、専門家と非専門家の間を「要するに」とつないでゆく、快刀乱麻、悪口雑言、山形浩生の雑文集。

語りあかそう

ナンシー関 41292-4

消しゴム版画とＴＶ評で有名人の特徴を喝破したナンシーの、対談集から精選した究極の九本。攻めてよし、守ってよし、なごんでよし。

適当教典

高田純次 40849-1

老若男女の悩みを純次流に超テキトーに回答する日本一役に立たない（？）人生相談本！　ファンの間で“幻の名（迷）著”と誉れ高い『人生教典』の改題文庫化。

江口寿史の正直日記

江口寿史 41377-8

「江口さんには心底あきれました」（山上たつひこ）。「クズの日記だこれは」（日記本文より）。日記文学の最低作「正直日記」、実録マンガ「金沢日記」、描き下ろしの新作マンガ「金沢日記２」収録。

恋と退屈

峯田和伸 41001-2

日本中の若者から絶大な人気を誇るロックバンド・銀杏ＢＯＹＺの峯田和伸。初の単行本。自身のブログで公開していた日記から厳選した百五十話のストーリーを収録。

ギャグ・マンガのヒミツなのだ！

赤塚不二夫 41588-8

おそ松くん、バカボン、イヤミ……あのギャグ・ヒーローたちはいかにして生まれたのか？　「ギャグ漫画の王様」赤塚不二夫が自身のギャグ・マンガのヒミツを明かした、至高のギャグ論エッセイ！

島田雅彦芥川賞落選作全集　上

島田雅彦　41222-1

芥川賞最多落選者にして現・選考委員島田雅彦の華麗なる落選の軌跡にして初期傑作集。上巻には「優しいサヨクのための嬉遊曲」「亡命旅行者は叫び呟く」「夢遊王国のための音楽」を収録。

島田雅彦芥川賞落選作全集　下

島田雅彦　41223-8

芥川賞最多落選者にして現・芥川賞選考委員島田雅彦の華麗なる落選の軌跡にして初期傑作集。下巻には「僕は模造人間」「ドンナ・アンナ」「未確認尾行物体」を収録。

どつぼ超然

町田康　41534-5

余という一人称には、すべてを乗りこえていて問題にしない感じがある。これでいこう——爆発する自意識。海辺の温泉町を舞台に、人間として、超然者として「成長してゆく」余の姿を活写した傑作長編。

この世のメドレー

町田康　41552-9

生死を乗りこえ超然の高みに達した「余」を、ひとりの小癪な若者が破滅の旅へ誘う。若者は神の遣いか、悪魔の遣いか。『どつぼ超然』の続編となる傑作長篇。

とむらい師たち

野坂昭如　41537-6

死者の顔が持つ迫力に魅了された男・ガンめん。葬儀の産業化に狂奔する男・ジャッカン。大阪を舞台に、とむらい師たちの愚行と奮闘を通じ「生」の根源を描く表題作のほか、初期代表作を収録。

十年ゴム消し

忌野清志郎　40972-6

十年や二十年なんて、ゴム消しさ！　永遠のブルース・マンが贈る詩と日記による私小説。自筆オリジナル・イラストも多数収録。忌野清志郎という生き方がよくわかる不滅の名著！

待望の短篇は忘却の彼方に

中原昌也　41061-6

足を踏み入れたら決して抜けだせない、狂気と快楽にまみれた世界を体感せよ！　奇才・中原昌也が「文学」への絶対的な「憎悪」と「愛」を込めて描き出した、極上にして待望の小説集。

ハル、ハル、ハル

古川日出男　41030-2

「この物語は全ての物語の続篇だ」――暴走する世界、疾走する少年と少女。三人のハルよ、世界を乗っ取れ！　乱暴で純粋な人間たちの圧倒的な“いま”を描き、話題沸騰となった著者代表作。成海璃子推薦！

鳥の会議

山下澄人　41522-2

ぼくと神永、三上、長田はいつも一緒だ。ぼくがまさしにどつかれたら仕返しに向かい、学校での理不尽には暴力で反抗する毎日。ある晩、酔った親父の乱暴にカッとなった神永は包丁で刺してしまい……。

砂漠ダンス

山下澄人　41523-9

わたしは、アメリカの砂漠で、子どもの頃のわたしに、死んだはずの両親に、そして砂漠行きを誘えなかった地元の女に出会う。小説の自由を解き放つ表題作に単行本未収録を含む三篇を併録。

屍者の帝国

伊藤計劃／円城塔　41325-9

屍者化の技術が全世界に拡散した一九世紀末、英国秘密諜報員ジョン・Ｈ・ワトソンの冒険がいま始まる。天才・伊藤計劃の未完の絶筆を盟友・円城塔が完成させた超話題作。日本ＳＦ大賞特別賞、星雲賞受賞。

忘れられたワルツ

絲山秋子　41587-1

預言者のおばさんが鉄塔に投げた音符で作られた暗く濁ったメロディは「国民保護サイレン」だった……ふつうがなくなってしまった震災後の世界で、不穏に揺らぎ輝く七つの“生”。傑作短篇集、待望の文庫化

グローバライズ GLOBARISE

二〇一九年三月一〇日 初版印刷
二〇一九年三月二〇日 初版発行

著　者 木下古栗《きのしたふるくり》
発行者 小野寺優
発行所 株式会社河出書房新社
〒一五一-〇〇五一
東京都渋谷区千駄ヶ谷二-三二-二
電話〇三-三四〇四-八六一一（編集）
〇三-三四〇四-一二〇一（営業）
http://www.kawade.co.jp/

ロゴ・表紙デザイン 粟津潔
本文フォーマット 佐々木暁
本文組版 株式会社創都
印刷・製本 中央精版印刷株式会社

Printed in Japan ISBN978-4-309-41671-7

＊初出　「文藝」二〇一五年冬季号
＊本書は二〇一六年三月に小社より単行本として刊行されたものです。文庫化にあたり加筆・修正をしました。また「夜明け」を省き、「犯罪捜査」（『ポジティヴシンキングの末裔』所収／二〇〇九年・早川書房刊）を改作して収録しました。